吴鸿　克罗地亚　2017

吴读有偶

吴鸿 著

四川文艺出版社

图书在版编目（CIP）数据

吴读有偶 / 吴鸿著. -- 成都：四川文艺出版社, 2019.6
ISBN 978-7-5411-5419-5

Ⅰ. ①吴… Ⅱ. ①吴… Ⅲ. ①散文集—中国—当代
Ⅳ. ①I267

中国版本图书馆CIP数据核字（2019）第099899号

WUDUYOUOU

吴读有偶

吴鸿 著

策　　划	最近文化
特约编辑	陈维
责任编辑	燕啸波
书名题字	流沙河
书名篆刻	曾杲
封面绘图	吴亦可
书籍设计	陈维
责任校对	蓝海
责任印制	唐茵

出版发行	四川文艺出版社（成都市槐树街2号）
网　　址	www.scwys.com
电　　话	028-86259287（发行部）　028-86259303（编辑部）
传　　真	028-86259306
邮购地址	成都市槐树街2号四川文艺出版社邮购部　610031
排　　版	四川最近文化传播有限公司
印　　刷	成都市金雅迪彩色印刷有限公司
成品尺寸	130mm×185mm　　　开　本　32开
印　　张	10.25　　　　　　　　字　数　200千
版　　次	2019年6月第一版　　　印　次　2019年6月第一次印刷
书　　号	ISBN 978-7-5411-5419-5
定　　价	48.00元

版权所有·侵权必究。如有质量问题，请与出版社联系更换。028-86259301

呆讀有偶

流沙河題

书籍是一席流动的盛宴

序

吴鸿 去了 远处

今天是4月5日，天阴了。

昨天，前天，都是丽日蓝天。

昨夜走在回家路上，一股浓烈的香气扑鼻而来，知道那是丁香花开了。白色的丁香。抬头，不见星星，天空正在转暗，天将要阴了。这时，成都的海棠花期刚过，木香花花期刚过。

今天是清明节。天阴了。

吴鸿走了。今天早起，动笔写这些文字。窗外的天空灰蒙蒙的。遂以为，天是为此而阴的。

去年6月底,从南美回来,又马不停蹄去了伊犁。一早,上天山去赛里木湖边。那大湖本身非常美丽,何况湖周草原上风铃草、花葱、马蔺正在盛花期,都是蓝色的花朵。天阴着,间或还飘来一阵细雨,弄得人兴味索然。于是,回到果子沟山口,雨加上风,就在帐篷里盖一条毯子躺着。周围还有数十顶帐篷。某品牌汽车一次长途自驾活动的结束仪式将在这里举行。我躺在毯子下,和一样来做嘉宾的陆川导演说话。就这样百无聊赖,等着晚上八点的仪式开始。

那时还想,如果在成都,这时应该有人在张罗聚会。一个最可能的人,就是吴鸿。张罗一个爱书人的聚会。那时我还不晓得他正在遥远的欧洲。我这么想的时候,他那里还是黑夜。这里的太阳正慢慢向西运行,去照亮那里。

起风了。天空中的云团疾速奔走。露出了一线蓝天。不时还飘来一阵细雨,但云缝间已经漏下了阳光,照得雨脚闪闪发亮。我带着相机起身上山,去寻访花草。时雨时晴,光线变幻。工作人员让我带了一只对讲机,方便他们随时通知我下山参加活动。下面山口,临着深谷搭起一个高台,上面停放着一部锃锃发亮的汽车。活动开始后,我们将在那里展开关于旅行和汽车的话题。对讲机里说,活动时间还要延迟。我继续留在山上,和成片的野菊花待在一起。但也难免心情焦急。这时欧洲那里的天正渐渐放亮。根据后来了解的情况,知道这时吴鸿该起床了。他要在这一天结束旅行飞回成都。

我下山去往活动现场时,他应该正在早餐。最后的早餐。我在嘉宾席上坐定时,他准备上楼去拿行李。我突然焦躁不安。因为天气原因,飞机晚点,有些参加活动的人没有到达。山口上的风吹得人浑身冰凉。我起身走动,站在面临深峡的山坡上。这时,一半的山野被云雾遮掩,一半的山野被这一天最后的阳光照得透亮。跨越峡谷的长桥上方,出现了一道彩虹。面对这样的自然奇景,心里会生出某种神秘体验,感受到某种超自然的意志。

就是在这个时候,手机的短信提示音响了。

一条坏消息。

吴鸿在准备启程回家的时刻,在异国的土地上倒下了。这是永远的倒下。不再打算起身的倒下。我再一次被风吹得浑身冰凉。心狂跳,其乱如麻,下意识地,我背诵一段佛经平抑心绪。

《维摩诘经》中生了病的维摩诘所说的话:

"诸仁者!是身无常、无强、无力、无坚、速朽之法,不可信也!是为苦、为恼,众病所集。诸仁者,如此身,明智者所不怙。是身如聚沫,不可撮摩;是身如泡,不可久立;是身如焰,从渴爱生;是身如芭蕉,中无有坚;是身如幻,从颠倒起;是身如梦,为虚妄见;是身如影,从业缘现;是身如响,属诸因缘;是身如浮云,须臾变灭;是身如电,念念不住;是身无主,为如地;是身无我,为如火;是身无寿,为如风;是身无人,为如水……"

我不是佛教信徒,但我喜欢佛经中那种对生死的通达。

只是要为吴鸿停止呼吸的肉身,我们这些终将也如此的肉身说点什么。默诵这段佛经,也不是刻意挑选,只是这段经中有那么多关于肉身,也就是生命的感慨,自然就来到了我的嘴边。

夕阳落山,彩虹消散。

活动终于开始了。

我站在台上的聚光灯下时,从峡谷里上来的风吹在背上。我一边演说,一边想,此时,吴鸿的身体也正在变得和我一样冷吧。

我不用微信。

我把当时的情景发了一条短信给熊莺,让她发到微信圈里给吴鸿的朋友们看看。

其实,人已然走了,这些话语又有什么意义?

但我们依然要怀念。

吴鸿那谢发过早的亮晶晶的脑门依然在眼前晃动,浮现。

我认识他已久,至少有十好几年。深交却是近年的事。

为了书。

"废书缘惜眼,多炙为随年。"

古人这样的诗句说的就是我们开始频繁过从的情形吧。

先是为《瞻对》。这本书,在他出任四川文艺出版社社长一职前已经出版。他上任,来找我,说要重新做过。做与不做,重要也不重要。难得的是,他懂这本书的价值。所以要重新做过。换比以前漂亮的包装,发动宣传。冬天,他又和文轩集团配合,组织媒体、作家、艺术家朋友,一行二三十人,浩浩荡荡前往当年我准备写这本书时寻访过的那些地方。一路上,还组织了几次和同行者认真的深度交流。这一切,都使得这本书得到该有的重视与影响,体现出应该体现的价值。

还是书。

我第一本结集的书是一本诗,差不多三十年了,后来我也终止诗歌写作了。他找我喝酒,说要打捞这本书。其中有些诗篇我自己是珍爱的,但要结集出版,我怀疑。我知道他刚接手的出版社正举步维艰，我怕市场不好，给他增加负担。他和我碰了一大杯酒。这就是最后的决定了。诗集出来了：《阿来的诗》。简洁的深蓝色封面，精装。我当时的想法，这书可以送朋友了。我有些书，从没送过朋友。这也引起朋友的抱怨。其实，我就是嫌包装不好。接下来，他又张罗朗诵会：域上和美艺术馆。遇到选的诗好，朗诵也好的时候，我的身体有电流穿过，引起震颤。肉体和情感一起震颤。

还是书。

他又把我早年的中短篇翻出来，一气编了三本。也是我乐意拿来送朋友的书。

又是书。

动员我给虹影的三本书写一篇序言。

又是书。

我的另两本短篇集。

又是书。

我的长篇散文《大地的阶梯》。

几年时间，就出了一共八本书。

为了书，一起喝酒吃饭。中国人天天酒肉，道德上却虚伪地反对酒肉朋友。我们有新解。当然不能只找酒肉朋友。但当了朋友没有一点酒肉怕也不是真朋友。不管在什么地方吃饭，高档还是低档，吴鸿都会从小摊上带卤肉来。猪头肉。猪蹄肉。他是美食家，有写成都苍蝇馆子的底子，打包带来的东西总是最先被一扫而光。吃肉。喝酒。放谈。话题主要是书。他是出版家，我是写作者。不光谈他正在做的书。不光谈我正在写的书。也谈别的书。当然得是好书。我们都是为这个社会还能生产好书而感到欣喜的人。

然后，他还在继续编我的书。

我一向对自己的零散文章不大上心。他布置王筠竹去搜集，又编成一本《阿来序跋集》。

他没见到这本书的出版。

偶尔，王筠竹来封电邮核对某些篇目的时候，我就想，人死了，他要做的事还在继续。这比好多人活着，却什么事没做要好很多。

吴鸿去了远处。

他去了远处就不回来了。相信佛世界的人说，死了的人要去西边。他倒是好，直接就从西边走了。

在成都开追思会时，我见到他的家人。但他不在。他留在西边。所以，他的死并不真实。大家坐下来说他好话的时候，我也说了一些。但他不在场。人不在，冷去的肉身也不在。视频里那个人却是活的，挂着一如既往的笑容，笑着，说着，拿着一本本书比画着。

他去西边前，我去南美。行前约定回来喝酒谈书。

回来时，他不在。他去了西边。我也往西去，去新疆的天山上。在那里得到了一条消息，说吴鸿不回来了。猝不及防。后来，听说他回来了。只是经过火焰的提炼回归到了某种纯物质的形态。有一天在文轩新开的书店见到陈大力，他说最近聚得少了。他说，那是因为最热心的召集人吴鸿走了。

今天是吴鸿走后的第一个4月5日，天阴着。他的家人肯定要去那匣纯物质沉睡的地方去看他。即知是寒食，未见乌衔纸。城外那座他安卧的山，此时应该是青翠欲滴的吧,是"山青花欲燃"的那种青吧。

天阴着。清明节的天就应该阴着。

"花不语,水空流。"

我在这个阴天里写下这些文字。

逝者御风而去,让活人来继续面对这个世界。让活人因时伤怀。去了就去了吧,反正我们也是要在某时某刻到某处去的。好在,他作为一个编书的人,已将心血留在了这个世界。好在,他作为一个写书的人,已把品味这个世界美好的文字留在了这个世界。

天还是阴着。寒食日。落花天。

上面这些文字写罢,就放在那里,已是一年有余。只有当那个不与我们在同一世界的人影在眼前晃动时,翻出来看看。逝者已矣,活着的人能做什么?"哀人生之须臾",太息而已,掩涕而已。前些日子他的弟弟吴献打电话来,说编了一本吴鸿关于书的文字,想邀我写个序言。随即,他的前同事蔡曦送了书稿过来,论节气,大雪已过,成都的冬天来了。天还是阴着,我爬山伤了腰,正好卧读这些读书寻书的文字。那人又如在目前了。

就通过这部品味书的文字,可以再次确认,他读了许多书,但他不是为读书而读书。作为一个有成就有抱负的出版人,他也不是为编书而读书。他是在通过书而了悟生命。所以才在"本该痛苦的时候享受到了阅读的乐趣"。很早的时候,吴鸿就在病痛中了,所以,奥勒留颇有哲理的话在他那里能引起共鸣:

"要知道一个人只能死一次,也只能活一回;所以,顶长的寿命和顶短的都是一个样……我们放弃的只是顶短暂的一段时间而已。"

我们当然应该祝人长寿,但作为同样是身体不太好的人,我更愿意生命显示应有的意义。我理解他在书中所说,当年一查出病来,一出医院,他带着怅惘的心情,下意识去往的地方就是书店。我知道他能在那些有通达人生观的书中去求证意义,生命的意义。

我爱他明知活不了一百岁,但家里的书多到活到一百岁也读不完的那种生活态度。而且,他的读书是和寻常生活连接在一起的。他坐读的时候,家人和朋友的身影出没其间,亲切而自然。《二月三日记》这样的篇什可作佐证。刚看到这篇文章的题目,没来由就想起杜甫写在浣花溪的诗:"二月六夜春水生,门前小滩浑欲平。""南市津头有船卖,无钱即买系篱旁。"勉强联系,读书就是使心中春水生吧,读书就是在生活之流上放舟荡漾,而得到自由吧?

这回,我确信,吴鸿他是坐着书之船走了。

逝水滔滔,这一走有一年多了。

阿来

目录

序 / 阿来

我本该痛苦的时候享受到了阅读的乐趣 / 2

  我听到了奥勒留在说 / 6

一点一横长 / 10

  母亲是一本永恒的书 / 14

吃喝是人类的必须 / 18

  这是上帝的安排 / 24

闲书的作用 / 32

  我写《四川苍蝇馆子》 / 42

狗□的,只有羡慕的份儿 / 48

  与君约略说成都 / 54

张岱和他的《夜航船》 / 62

  读了《向加泰罗尼亚致敬》 / 70

尽管我是男人,但我要再现她的声音 / 74

  村上春树"敬爱"雷蒙德·卡佛 / 78

晒书记:《在漫长的旅途中》 / 86

  留住文字的绿意 / 94

1

顾永泉编《学生万有文库》　/ 98

　　《小雨点》：中国白话文最早的童话　/ 106

《毛泽东语录》　/ 114

　　文学的词典书　/ 118

书籍就是商品　/ 124

　　藏书之爱　/ 130

学而时习之　/ 134

　　撕书为读书　/ 138

我"容易"去了　/ 146

　　《"烂人"轶事》开篇　/ 150

"烂人"夜候"开卷8分钟"　/ 156

　　人一犯痴，多半都能有所成就　/ 162

崔文川的癖与痴　/ 170

　　熏我陶我，诚哉斯言　/ 178

对酒说《兄弟》　/ 186

　　培头题赠《天竺灵签》　/ 190

谢伟的《花影楼随笔》　/ 194

　　你是个"诗心"很重的人　/ 198

成都，我常去的几家书店　/ 204

　　今天真是好日子　/ 216

重复之书　/ 220

　　北京得书记　/ 228

一样的星期天　/ 236

　　二月三日记　/ 244

丢书记　/ 248

　　《两个故宫的离合》及其他　/ 256

劝明德老师丢书　/ 264

　　得书记　/ 272

今日记　/ 280

　　好书八本　/ 284

今天及其他　/ 288

　　《昨日书香》记　/ 292

跋　/ 范锐

我本该痛苦的时候
享受到了
阅读的乐趣

日本人取名字怪怪的，给人以新奇感。

新井一二三，我就是先觉得这个名字新奇，然后才关注她的书的。再加上介绍说她是以中文写作的日本作家，便对她产生了崇敬之情，买了她好几本书来读。

她与她先生都是职业写作人。先生写鬼怪小说，她写散文随笔。

住院期间，读了她的一本精致的小书，《我和阅读谈恋爱》，她是一个热爱阅读的作家，从这本书的自序可以看出一斑，全文只有几句话——

我最寂寞的时候，身边总有一本书。

我最开心的时候，身边总有一本书。

我最难过的时候，身边总有一本书。

我最高兴的时候，身边总有一本书。

我最孤单的时候，身边总有一本书。

我最幸福的时候，有人和我分享一本书。

《我和阅读谈恋爱》做书名，可见阅读于她是多么美妙的事。这世上还有什么比谈恋爱更让人幸福的事？唯阅读与之齐名。

在输液的三个小时中，《我和阅读谈恋爱》陪我度过，也就是说，我本该痛苦的时候，享受到了阅读的乐趣。

新井一二三在书中，不乏见解，不管是自己的感言或是引用他人的话语，都有不凡的智慧和幽默感。

如她谈到她爱读书评，对书评与书评家，她写道："书评家如厨师，材料一定要好，但是手艺也一样重要，否则做不出美味来。对像我这样的书迷们而言，好看的书评跟一流餐厅的大菜一样，看着不禁馋涎欲滴，丸谷才一好比是老字号食肆的大厨师。有他在，其他厨子也不敢偷工减料，炒出来的菜肴都有水平。"

她引用水村美苗的话："我们人类，无例外地，对别人的不幸，比对别人的幸福还感兴趣。所以，小说家得经常而永远地克服的最大诱惑是：想卖自己的不幸……小说家贩卖自己的不幸是文学行为。"这是关于"私小说"的论说。

论时势方面她写道："世界不是越来越好也不是越来越糟糕，而是有时进步有时退步，曾有过荣华的年代，也经历了破坏，今日困境不过是悠久历史上小小挫折而已。"

新井一二三的散文写作，涉及面广，富有时代感，"有智识和情感上的诚实"。

上海译文出版社出版有"新井一二三文集"凡七种，是《我这一代东京人》《独立，从一个人旅行开始》《伪东京》《午后四时的啤酒》《没有了鲔鱼，没有了黄油》《东京迷上车》《我和阅读谈恋爱》。

还会不会有继续出，就不知道了。

我 听到了
奥 勒 留 在 说

医院是最能使人思考"生死"问题的地方,熙熙人流,无不希望生命无限地长,不然跑到这里来干什么。

估计能坦然面对死亡的人不多,特别是那些明知要临近生命终点的人,大多是显得无可奈何。

在等候抽血间,我忍着脚的胀痛,拿出撕下的梁实秋译的《沉思录》中的一页,在黑压压的走廊里消磨时间,读着读着,突然觉得整个医院亮堂了起来。

我听到了奥勒留在说——

"纵使你的生命可以延展三千年,甚至三万年,要知道一个人只能死一次,也只能活一回;所以,顶长的寿命和顶短的都是一个样。因为所谓'现在'，对大家是一样长的，我们所丧失的根本就不是我们的，所以我们所放弃的显然只是很短暂的一段时间而已。所以有两件事要记住：第一，自亘古以来一切事物都是在同一模型里铸造出来的，然后一遍一遍地重复翻演，所以一个人在一百年间或两百年间或永恒不变地看同样的事物演来演去，实在是没有差别的。再一件事便是长寿的与夭折的人所放弃的是一样多。因为一个人所能被剥夺的只有'现今'，事实上，只有这个是他所有的，而他所没有的东西，他当然也不会失掉。"

《沉思录》我买过很多本，梁译的有两种，何译的就更多了，但一直都没认真地读过，只是闲翻时读几则，所以《沉思录》没有对我产生什么影响。

从译文来说，尽管奥勒留说过人生路途中能帮助我们的"只有一种东西——哲学"。我还是认为作哲学状的译本读起来拗口，十分地费力，阅读还是不让人累为好。

梁实秋先生的作品，无论是创作还是译作，都很接地气，我喜欢。

阅读也真是神奇，最近在读盐野七生的《罗马人的故事》，此书正让我一个个地认识罗马时期的伟人哲人。

在我病痛之际，又让我偏偏读到奥勒留的"人生指南"。

巧焉，缘焉。

一点一横 长

明凤英跟朱天文、朱天心都是《三三集刊》的创始成员，但她当年却没有搞文学创作，去了美国做学者。毕竟是《三三集刊》的成员，她对文学创作还是有兴趣的，于是她有了散文集《一点一横长》。

看到她的文字，我就跟李欧梵的感受一样："感动不已，这么清新的文笔，毫不拖泥带水，更没半点雕琢，一切来自真心的回忆。"

我也想起了小时候。

母亲从前是小学教师，我很小的时候她就教我识字，三岁的时候，我就能给在成都工作的父亲写信了。很多人都赞我了得，不时有乡邻乡亲的大人逗我考我。

有次，安哥哥说：我给你打个猜谜儿，看你猜不猜得到是啥子字？

安哥哥对任何人都是一副笑脸，是个生不来气的人，在我眼里他无所不能，我幼时最崇拜他。

他说：一点一横长，一撇漂南洋，南洋有个人，只有一寸长。

三四岁的我自然是猜不出来，安哥哥却不告诉我答案，扛着锄头扬长而去。

回家央求母亲解字，母亲用粉笔一笔一画地写给我看，说，这是一个"府"字。安哥哥是问你府上在哪里呢。

一点很短一横拉长，一撇漂南洋，笔画往远处送，这就是个广字，广字里面有一个人字一个寸字，说这个人不高，只有一寸长。

哪有那么矮的人啊，南洋就是传说中的小人国么？我不解。

母亲说,南洋在很远的地方。去南洋要翻山要越岭,还要坐船过大海,在大海里,小船就像一片树叶漂在水里,所以去南洋又叫漂南洋。

我们看很远的东西,比如一棵很大的树,看起来是不是觉得就跟小树苗一样高呢?

我笑了,我们看很远的南洋人当然就只有一寸长了。

从此我认识了"府"字。

一点一横长,

一撇漂南洋;

南洋有个人,

只有一寸长。

母亲问:如果有人问你"府上哪里啊",你知道吗?

我大声说:"四川省,资中县,水南区,板栗垭公社。"

母亲是一本永恒的书

今天是母亲节。

以往我并不清楚母亲节，也没有看重过母亲节。去年台湾海鸽出版社的罗清维他们要来成都，正好也是母亲节，行前来电说他们要过了母亲节才来，台湾人都重视母亲节的。

今年的这一天就特别引我注意，我跟母亲平时很少交流，在一起时都说不了三五句话，但今天我回忆母亲的事却十分地多。

今天女儿的母亲生病了，我的母亲仍和往常一样考虑着我们的生活，希望今天餐桌上的东西能让我们满意。

波特莱尔对母亲说:"我想念你:至少你是一本永恒的书。"

早上起床,送女儿去上奥校后,看女儿病中的母亲一夜没睡好此时却睡得正香,不忍叫醒,就拿起圆神出版的《佐贺的超级阿嬷》来看,这本书是圆神的黄总到成都时带来的,在台湾是2006年最畅销的书,"阿嬷的故事,唤起你心中最深最真的记忆",是笑中带泪的超级感人话题大作。作者是日本的喜剧泰斗岛田洋七,回忆他童年与他母亲的母亲一起生活的故事,书不厚,很快就可以读完。故事都很平常,每一个我们,只要回忆自己与母亲或是外婆的生活都能写来的感人故事,都能总结出来的生活哲理。

越是平凡,越是让人感动。现在大陆也引进出版了这本书,我真心地希望大家都去读读。

看完了《佐贺的超级阿嬷》后,又想起了另一本书,楚尘送我的《母亲,我的千思百虑:16位大诗人和他们的母亲》,这本书是法国的娜塔莉·考夫曼著,郑克鲁译。当时看到此书时,很是喜欢,就跟楚尘要了。现抄录一下本书的内容简介,让大家了解这本书——

母亲是诗人一生最深刻的记忆,是他们的千思百虑。本书描绘了歌德、雨果、波特莱尔、惠特曼、里尔克、兰波、魏尔伦、阿拉贡、维尼、阿波利奈尔、荷尔德林、拉马丁、佩吉、雅姆、科克托、阿尔托等16位大诗人的母子情,揭示母爱对大诗人所起的各种影响,为读者展示了诗人诗歌创作的堂奥不为人知的隐秘一角,或感人肺腑,或奇异曲折,或悲欢离合。这些微妙的感情,定能触动每一位母亲和孩子内心最敏感柔软的部分。本书还附有16位诗人的相关作品,是他们献给母亲的颂歌。

母亲是一部永恒的书,定要珍爱她。

吃喝是人类的必须

对喜欢阅读的人来说，躺在医院里输液的时间，不失为是最好的时间。

在不知是什么，本不属于我体内的液体，一滴滴往我血液里渗透的过程中，我读完了王小波的《白银时代》，愚人的《川菜》和日本记者野岛刚的《两个故宫的离合》。

今天早上带本什么书去，着实让我思量了很久，家里的书太多了，反而不知该读哪本。都快要到检查的时间了，顺手抓起了法国作家布里亚-萨瓦兰的《厨房里的哲学家》。

对于一个因糖尿病而入院的人来说，拿这样的一本书去，遭遇无可奈何地摇头叹息是不可避免的，吃货就是吃货啊。

景琳知我在病床上，来电说他最近也在吃药，没有喝酒了，感慨地说："不能开心地吃喝，生活多没有趣啊。"我听了只有嘿嘿地笑。

人生那么短，美食那么多。

唉，不去想了，针都锥进血管了，看书吧。

英国作家阿瑟-麦肯给《厨房里的哲学家》写了个导读，让我发现这是一本非常有趣的书。充满了智慧，文风清爽，风趣幽默。

约逊博士说："我认为不关心自己肚子的也不会关心别的事。"这跟我产生了共鸣。共鸣就是我想不出更好的话表述同样的道理，只有照抄他们的。

麦肯说："关于吃喝的艺术，毫不奇怪的是，它使得科学（我们当下错误地称为科学的东西）在此领域内变得毫无用处，甚至荒唐可笑……食物是一种不一般的复合体，一方面它是要按照艺术规则烹饪加工而成的产品，另一方面又是聚着个性化的幻想、灵感、品位、想象力和风格。"

他认为科学中的教条只有当人体是试管时才有用，而试管是没有头脑没有感情和感觉的。

接着读。

"聚在一起的同伴们应当情投意合。如果你发现坐在你对面的人是你不共戴天的仇敌，那么，最棒的菜肴对你来说，也不会比毒药强多少了。遇到这样的情况，科学又有什么用呢？"

接着是布里亚-萨瓦兰的格言，他说这是本书的"开场白"，是他所研究学科的永恒的基石，共有二十条，选几条我认同的录下来。无须加注，你都能会心体会：

一、宇宙因生命的存在才显得有意义，而所有生命都需要汲取营养。

二、牲畜吃饲料，人吃饭，可是只有聪明人才懂得进餐的艺术。

三、国家的命运取决于人民吃什么饭。

四、告诉我你吃什么，我就能知道你是什么样的人。

五、上帝让人必须吃饭才能生存，因此他用食欲促使人们吃饭，并用吃带来的快乐作为人类的奖赏。

六、美食主义是一种判断行为。我们选择那些符合我们口味的食物，而不选择那些不具有这些性质的食物。

七、不分时代、不分年龄、不分国家，宴席之乐每天都存在。它与其他娱乐形式相得益彰，但生命力远远超出其他娱乐形式。在其他娱乐形式缺失的情况下，它能对我们起到安慰作用。

八、与发现一颗新星相比，发现一款新菜肴对于人类的幸福更有好处。

九、醉汉和消化不良的人都是不懂得怎么吃喝的学问。

十、为了一个不守时的客人而等待太长的时间，这是对那些守时的客人的不礼貌。

《厨房里的哲学家》出版于1825年,于今快两百年了。关于饮食,人们的认识一直都没有改变。就像爱情一样,吃喝是人类的必须,是一切故事的永恒主题。

这 是 上 帝 的 安 排

人做什么好像都是天注定的，喜欢什么不喜欢什么，都不是由自己定的。有人天生喜欢东游西逛，仿佛地球就是他家的园子，想尽一切办法和花样儿折腾，就是要能走到的地方一定要走到。

而我却不然，我不喜欢旅行，喜欢静静地在一个地方待着，胡思乱想都可以。

阿拉认为，旅行是拿钱买罪受，是从自己活腻了的地方到别人活腻了的地方去。

然而老天总是捉弄我，偏偏要我去了很多人想去而又没有机会去的地方。

我去过斯洛文尼亚、克罗地亚，还去过斯里兰卡和人间天堂的马尔代夫。每出游一次，都要让好多人羡煞。

行万里路胜读万卷书，这个道理我懂，但我还是喜欢一个人在屋子里待着。

行万里路的好，我不否认，但那是古人们讲的道理，以前读书是少数人的事，资讯不发达，人们长见识的方法中，游历是重要的一种。

现在信息发达，我们可以通过电视、电影、网络、出版物，可以足不出户就知道天涯海角的信息，欣赏到古人穷其一生也未必见到的美景。也正因为此，我是怎么也提不起游山玩水的兴趣，认为再美的风景，也敌不过电视、电影、网络上的画面，身临其境看到的，也不可能有专业摄影师给我们的画面美。

说白了，我是缺少一双发现现实美的眼睛。

因此，在我不得已要去一个地方旅行时，我从来不做任何准备去了解目的地的风土人情与文化背景，也不关心住什么玩什么要花多少钱。往往都是回来后才去找相关的书籍来看看,印证一下自己的感受。

还是喜欢读万卷书,最大的"瓷器梦"就是有一天不上班了,可以在家天天陪着书,东翻翻西翻翻,在自己的书房里旅行。

买了很多跟旅行有关的书,我的书房里有的是大好河山,有的是旖旎的风光,有的是游人如织,有的是朋友在旅行中与我开怀畅谈。

也许我能写出在书房里旅行的故事。

昨晚读英国作家阿兰·德波顿的《旅行的艺术》,一直到凌晨四点,谋生了记录自己旅行的想法。不管自己喜欢不喜欢,毕竟是旅行过了的。

欧阳应霁有本叫《我的回忆在旅行》的书,书名我觉得非常好。我没有写日记的习惯,但也可以跟他一样,在回忆中再旅行一次。

有一次从欧洲回来,把洗出的照片给深谙摄影的陈维看,要他教我怎么摄影,他看了我的照片,说:"这是上帝的安排,你不用学了,已经很好了。摄影就像写文章,是一种表达。"

让照片留下记忆的瞬间,回味起来,像是在读一本无字的书,这是上天给我旅行的回报吧。

既然我的旅行是上帝安排的,如不记录下来,用一部贺岁片的台词来说,那就是:"何必同志何必呢?"

克罗地亚 2017 吴鸿

闲书的作用

求学时期，在我父辈的眼里，一切与课本无关的书都称作闲书，自然读闲书都是不务正业，在他们的眼里都是要荒废学业的，对将来是百害而无一益的，也正因为此，我读闲书屡遭禁止。

少年时代又偏偏好奇心强，越不让读的书越是想找来读。

然而，年少时想读书，却并没有什么书可供我读，对书的渴望让我饥不择食，能找到什么就读什么，哪怕书是残缺的。至今有些书，我都只读过半部，不知道另一部分在哪里。

那时读闲书，并不是想从书中学到什么，或是在书中找什么人生的道理。而只是找有趣的吸引我的故事充实我的生活而已。不像现在，读什么书得挑了又挑，生怕多占了自己的时间。

原以为现在读书是有的放矢，会有很大的收益，会有益于生活中的各方面。可认真衡量起来却发现并非想象的那样，年少时的读书虽是在找有趣的故事来读，却也在无意识中接受了书里人物的影响，这种影响有时是很大的，甚至影响以后的人生。

其他的人怎样我不知道，反正我现在所走的路，就是受了年少时读闲书的影响。说来也难以让人相信，让我走上文学这条路的，不是中国的或世界的文学名著，也不是唐诗宋词或什么元曲歌赋（尽管这些作品当时都作为闲书，被我偷偷地读过不少），而是一本我现在已叫不出名的在当时让我读得津津有味的童话书。现在，我也说不出这本童话中的具体内容，也不知道这本童话的作者是谁。

同样，让我坚定不移地走在出版这条路上的动力，也不是什么名人名言或名师指点,而是来自让我放弃考试也要读的《福尔摩斯探案集》。

影响我一生的是华生初见福尔摩斯时的一段,华生说福尔摩斯知识贫乏的一面正如他知识丰富的一面一样,关于现代文学、哲学和政治方面他几乎一无所知,当华生引用托马斯·卡莱尔的文章时,福尔摩斯却问卡莱尔是什么人,并且不知道地球绕着太阳运行的道理。

华生难以理解,而福尔摩斯却自有他的理由,他说:"即使我懂得这些,我也要尽力把它忘掉。"

福尔摩斯说:"最要紧的是不要让无用的知识把有用的知识挤出自己的脑子。"

对于太阳系的问题,福尔摩斯的高见是:"这与我又有什么相干?你说咱们是绕着太阳走的,可是,即使咱们绕着月亮走,这对于我或者对于我的工作又有什么关系呢?"

这是影响我的至关重要的一句话。要想成为在某一方面有一定专长的人,就必须专心在自己的领域,心无旁骛才行,把无用的知识挤出自己的脑子。

我在不断的读闲书中慢慢长大，果然应了父亲的话，荒废了学业，始终没有进入他与母亲期望我进入的大学的门，我始终没有系统地受过高等学府教育。现在看来，也许正因为没有受过系统的教育，在工作中就没有什么框框与限制，信马由缰，反而取得意想不到的效果。

华生记录下的福尔摩斯的学识范围，被华生扔进火里了，却没有在我的记忆里烧掉，它时时都在我的脑子里出现：

夏洛克·福尔摩斯的学识范围

一、文学知识——无。

二、哲学知识——无。

三、天文学知识——无。

四、政治学知识——浅薄。

五、植物学知识——不全面，但对于莨蓿制剂和鸦片却知之甚详。对毒剂有一般的了解，而对于实用园艺学却一无所知。

六、地质学知识——偏于实用,但也有限。但他一眼就能分辨出不同的土质。他在散步回来后,曾把溅在他的裤子上的泥点给我看,并且能根据泥点的颜色和坚实程度说明是在伦敦什么地方溅上的。

七、化学知识——精深。

八、解剖学知识——准确,但无系统。

九、惊险文学——很广博,他似乎对近一世纪中发生的一切恐怖事件都深知底细。

十、提琴拉得很好。

十一、善使棍棒,也精于刀剑拳术。

十二、关于英国法律方面,他具有充分实用的知识。

福尔摩斯的这份学识范围表,随时提醒我专注。也正是这样,我将与我所从事的工作和事业追求无关的东西尽量挤出我脑子,很多看来是常识的东西,别人津津乐道的资讯,问起我,我都一脸茫然。甚至不知道起码的人情世故。

如果在家人和朋友的眼里，我还有那么一些值得称道、没有让他们失望的地方，那无疑是得益于年少时所读的闲书起的作用。

我不知道，什么都知道一点的我将会是什么样的，我想那对我来说将是可怕的，不敢去想象会是什么样的结果。

现在读书仍是什么书都读，不功利，没想过当专家当学者，更没想过会通过读书去做学问。再没有人来责备我闲书会对我有什么不妥了，我却时时担心起女儿来，看到她天天为作业所累，心就痛。闲书离她是越来越远，一旦踏入社会，生存的压力，就更少有机会读书了。

我希望她知道这世上还有闲书，闲书的作用大于教科书。闲书让我们对工作对事业更投入，生活更丰富。

克 罗 地 亚　2 0 1 7　吴 鸿

我写《四川苍蝇馆子》

苍蝇馆子是四川人对一切小餐馆的专称,其他省份不这么叫。这些小餐馆面积不大,设施较差,甚至卫生条件也得要让你包涵点。

苍蝇馆子的形成,不用多说,任何人都想象得到。旧时候,哪怕是在皇宫里,我想也会发生苍蝇与人争食的情况,因此,在路边开店,解决生计,有几只苍蝇飞来飞去,实在是可以理解的。

现在在四川,特别是在成都,"苍蝇馆子"已是个昵称,非常的形象。

其一,苍蝇馆子遍布市井小街小巷,有如蚊蝇散落。

其二，苍蝇馆子的店铺大多简陋，有的更是破烂不堪，确是苍蝇出没之地。

其三，成都人好吃，无论苍蝇馆子开得多么隐蔽，都能像苍蝇一样，闻香而去。

其四，苍蝇馆子就餐热闹，人们谈笑喧哗，嗡嗡如蝇鸣嘈杂不绝于耳。

其五，苍蝇馆子大多是为求生存而开设，店主都尽量使出浑身解数留住客人，所以又是"好味道"餐馆的代名词。

没见过百年老店的苍蝇馆子，破烂的房屋要拆迁了，它就不复存在了。开小餐馆太累，处处得算计着，稍有不慎，就赚不了钱，发了点小财的店家，多半也就改行做其他了。

吃了双流的李记无名肥肠后，写了一篇小文放在博客上，冉云飞兄觉得不错，留言给了些赞许，并推荐给了他一位朋友办的《川菜》杂志上发表。

后又写了篇《易姐跷脚牛肉》发表在晚报上，让经营有些尴尬的小店生意一下子火了起来，老板还不知道是怎么回事，当报社编辑去告诉他们原因后，才知道是拙文起到了推荐的作用。

后来我又陆续写了几篇，都得到一些好吃嘴朋友的按图索骥。

一次与袁庭栋老师、冉云飞聚餐蜀府宴语，谈到了我写的几篇苍蝇馆子的小文。袁庭栋老师是民俗文化专家，也是个美食家，常在电视上曝光的美食节目的嘉宾，他在几杯美酒之后说："吴鸿，你写一本苍蝇馆子的书，我给你写序。"

我无意要写这么一本书，也没有信心能写成，便不敢接袁老的话。

云飞见我懂不起，催促我说："你还不赶快敬袁老师一杯，你好久听过袁老师主动提出给人写序的。"

从此，写一本苍蝇馆子的书，便成了有意识的行为了。开始有了构思，想写苍蝇馆子的文化，其实哪来那么多的文化啊。简直是自欺欺人，豁别个喔。

流沙河老师听说我在写苍蝇馆子，就说："好啊。

吃苍蝇馆子是最真实的四川人的市井生活。来旅游的人,就是去看最真实的当地人的生活,现在到处的景点都差不多了,只有市井生活才是真实的。吃苍蝇馆子是成都人的市井生活,你要把成都人的市井生活写出来。"

我豁然开朗,又无以适从。我不知道什么是具体的市井生活,又怎么表达市井生活。

有一天,终于想明白了,其实我们每天的生活,不就是最市井的生活吗?"我的生活即市井生活",原原本本记录我们怎么闻香逐味去吃苍蝇馆子,最终不就是一本《苍蝇馆子》的书了吗?

从此,下苍蝇馆子就成了我生活的一部分。在成都,热爱苍蝇馆子的人太多了,我们成立了个"吃喝玩乐俱乐部"在QQ群里邀约,探讨心得。很快也就吃了不少有特色的苍蝇馆子,我也就记录了不少自己的经历。

如果这本书出来后还有人喜欢,那我将吃货当成我的事业,一直要写下去,将来走遍四川就为那吃字而生存,如果大家不能接受我的写法,我就把好吃当成我的爱好,总之,我的中国梦,杀遍四川的苍蝇馆子。

狗□的，
只有羡慕的份儿

在沙河老师家,明德老师说:"我看到你给吴鸿写的序了。"

沙河老师说他花了两个小时写的。

"看了他写的,"沙河老师用右手在胸口由上往下来回摸着说,"狗□的,只有羡慕的份儿。他到处去吃,我才发现,老子这辈子白活了。"

明德老师哈哈大笑,我想他可能跟我一样,是第一次听到沙河老师说话时"带把儿"。

"沙河老师,你会做菜不?"明德老师问。

"会,怎么不会?"沙老说。

我忙接上话题说:"沙河老师上次还跟我们说过,他在食堂里做的菜,很受欢迎。"

"是啊!那时我在(农)场里做豇豆稀饭给大家吃,还有蒸馒头。馒头一人一个,稀饭随便吃。蒸馒头有讲究,我是头天就把面发好,和面有窍门,要边和面边加干面粉,加多了馒头不好吃,加少了面稀,比例要合适,我有研究。我蒸馒头时,摘些桑叶,放在桑叶上蒸,蒸格里一点面渣都没有,而且吃起来还有清香味,大家都说流沙河蒸的馒头好吃。"沙河老师在那个年代,还常做些小菜,可惜我记性不好,不然好好记下来,依样画葫。

明德老师问:"你写这样的文章够出一本书了吧?"

沙河老师摇头说:"不出,不出。"

克 罗 地 亚　　2 0 1 7　　吴 鸿

与 君 约 略 说 成 都

德国汉学家冯铁交给肖平一本德文书,说是送给成都图书馆作纪念的。冯铁介绍说,这是德国波鸿鲁尔大学一位汉学博士研究《成都通览》的论文。估计肖总也不识德文,所以至今我们都不知道书名叫什么。

老吴心里想,噫,傅崇矩同志也可以像曹雪芹同志一样,给今天的学者饭吃了。

中国人做什么事,向来不甘落后,会不会看到德国人在研究《成都通览》了,也像搞"红学会"一样,也搞个"傅学会"起来,在大学里也开一门课。

《成都通览》是本什么样的书呢?傅师与沈秉坤的

"叙"这样概括:"举凡山川气候、风土人情、农工商业、饮食、方言、居家事物、凡百价目、水陆程途、靡不毕载、诚人生必用之书也。以个人之调查,为人群之指南,其裨益社会,岂浅鲜哉!"

《成都通览》为人重视,著述重要,是因"自《蜀都赋》《华阳国志》后,而四川风土殊少记载"。

《成都通览》出版后,我首先送了一本给"书痴"徐晓亮兄。不足一小时,就看到微信上发出了他读到了《成都人之性情积习》一节,并用红笔勾出,成都人"人情狡诈,千变万化,不能尽也"。呵呵地一笑。

晓亮是江苏人,到成都打拼多年,生活也好事业也好,跟成都人打交道,人情冷暖,他最有体会。

我会心一笑,想告诉他,其实他也是"成都人"。

我也送了本给重庆的出版人吴向阳兄,他也以惊人的速度在微信中晒出他的"红杠杠",出自《成都之成都人》的"现在之成都人,皆非原有之成都人……现今之成都人,原籍皆外省也"。

向阳兄可能有些得意地在微信上题:"有书为证:

成都无土著。"

《成都通览》载说,明末张献忠入四川,屠杀川人殆尽。清康熙年间,各省客民相率入川,插站地土,有湖广、河南、山东、陕西、云南、江西、安徽、江浙、广东、广西、福建、山西、甘肃籍人等,还有旗人、回人、洋人、教民等等。所谓"湖广填四川"的大移民,各省籍客民的大融合,造就了那时的成都人性格或是说四川人性格,阳光的一面是指成都人的"开放与包容",而"人情狡诈,千变万化"就是阳光下的阴影。

向阳兄的"红杠杠"相当于替我回了晓亮兄,不过他的本意我想应是,自重庆直辖后,为一些问题在成都与重庆之间的争先恐后上吧。他的意思是说:"这个世上就没有真正的成都人,争个锤子啊。"

《成都通览》成书于清宣统年间,傅崇矩"与君约略说成都",凡三十万言,细目比千余,"可补志乘之缺略,因志乘多据古,此则可知今,志乘多空谈,此则皆实事"。是当时成都的百科全书,一座城市的缩影。

宣统年是清代的最后一个年号,接下来是民国时期。《成都通览》所记录的,是中国从封闭时期走向开放与世界接轨的时代,有人文民俗的实录,也有新生事物的记载,比如办报业,经营股票,经办实业等。

很多现在都还以为是新玩意儿的,其实在那个时代就存在,只是我们后来又封闭了很久,才觉得玩股票是现代化。

《成都通览》里有些散章,傅崇矩还记录了他经营这些新事物的辛酸,有了解作者性情的重要信息。

"官于成都者,不可不阅。凡商界、学界、军界、工界,不可不阅。游历家、调查家、新学家、旧派家,不可不阅。幼孩妇女之能识字者,均不可不一阅。"

傅崇矩这样推荐自己的《成都通览》,我想是了解一隅之成都,也是了解中国之一隅吧。

克 罗 地 亚　　2 0 1 7　　吴 鸿

张岱和他的《夜航船》

夜航船是个很好听的名字，每当一听到一想到这个名字就让我想象到南方的水乡，我就常想，那居住在江浙一带的人是多么的有福，他们能在夜航船中优适地闲谈消遣，评说世事。

将夜航船作为书名，也是一个极诱人的书名。第一次知道《夜航船》，是在杜渐的《书海夜航二集》中唐弢先生的序里，才知道明朝有个叫张岱（宗子）的著有一本叫《夜航船》的书。书中是什么内容却并不知道，从很多文化名人的文章中常看到引用"昔有一僧人，与一士子同宿夜航船……"的故事，我想是不是一本类似《聊斋志异》或《阅微草堂笔记》的故事集或笔记小说，问了些朋友多不得其解，或以为是。

还是在余秋雨的《文化苦旅》中的《夜航船》一文才知道张岱和《夜航船》的一些情况，才知道《夜航船》是张岱编的一部列述一般中国文化常识，使士子们不要在夜航船中露丑的一部小百科全书。余秋雨说"这是一部许多学人查访终身而不得的书"。的确，这是一部难找的书，我曾多方托人找来一阅，均不得逞。我想也许有很多人也同我一样想读到想拥有一部《夜航船》，于是作为编辑，就萌发了出版该书的念头。

冉云飞兄近年来对古典文学研究颇深，写了不少的读史随笔，也收了不少的古籍，不少的珍本，也就是在他那里，珍藏有本张宗子的《夜航船》，请他校点出来，并写了篇精彩的序言《挽救江湖》和《张岱年谱》；在附了张岱的最负盛名的《陶庵梦忆》和《西湖梦寻》后成了这本由四川文艺出版社出版的厚厚的《夜航船》。

查了些资料，更详细地了解了张岱的有关情况：张岱（1597—1679），字宗子，一字石公，别号陶庵，又号蝶庵居士，山阴（今浙江绍兴）人。黄裳先生说他是一位历史学家，市井诗人，又是一位绝代散文家。出身于官僚家庭，父辈以前都曾做过高官，而他却只中过秀才，前半生过着极悠闲的生活，少为纨绔子弟，极爱繁华，年至五十岁时，国破家亡，便披发入山过着极艰苦的生活。

张岱一生著述甚多，从他的《自为墓志铭》看，可以说是著作等身，其最著名的传世作品当属《陶庵梦忆》。《夜航船》一书，是他编撰的一部可谓琳琅满目的百科全书，此书分门别类，众采经史子集资料，天文地理、三教九流、诸子百家、人伦政事、礼乐科举、草木花卉、鬼神怪异、日用宝玩……二十个大类，条目四千多条，该书中的许多文史典故、风俗民情、异闻轶事、文物掌故等文字生动活泼，可读性极强，不少的条目可以当作隽永的小品文来阅读欣赏。《夜航船》一书的繁复内容，可以看出张岱广泛的兴趣，看出他的博闻强记以及深渊的学识。《夜航船》也体现出了张岱在写作上的特色和成就。

余秋雨在他的《夜航船》一文的结尾写道:"他的惊人的博学使他以一人之力编出了一部百科全书式的《夜航船》,在他死后二十四年,远在千里之外的法国诞生了狄德罗,另一部百科全书将在这个人手上编成。这百科全书,不是谈资的聚合,而是一种启蒙和挺进。从此,法国精神文化的航船最终摆脱了封建社会的黑夜,进入了新的河道。张岱做不到这地步,过错不在他。"我将这段文字借作为该文的结束,给读者一个思考的空间。

克 罗 地 亚　　2 0 1 7　　吴 鸿

读了 《向加泰罗尼亚致敬》

乔治·奥威尔的作品我读得不多，虽然我早已买过《奥威尔文集》，先前却只读过他的《动物农庄》。我还知道他还有一本小说很有名，是《一九八四》，他在1950年就去世了，却有这样的一本书，有时也真想找来看看。

在书店里我看到他的《向加泰罗尼亚致敬》和《巴黎伦敦落魄记》时，阅读的兴趣特别大，就买下了。

因为我去过巴塞罗那，导游给我们介绍了一些加泰罗尼亚的简单历史与文化背景，于是就先看了《向加泰罗尼亚致敬》这本书，一下子就迷上了。我认为他的观察与记录这世界的方法我是认同的,我也在致力于这样做。

他说的这段历史,跟当时导游给我们讲的有出入,当然我现在是信乔治·奥威尔的,因为他是当事人。

1936年,乔治·奥威尔原本打算以一个记者的身份来报道西班牙内战的,没想到他作为一个直接参与者卷入了这场战争,成了马克思主义统一工人党的一分子,参加了抵抗法西斯的战斗。我特别喜欢看他真实地记述的战壕里的生活,是那样地生动与逼真,偶尔还夹一些幽默的语言。由于我也有过当兵的经历,虽是没有作过战,但我也亲眼看到一列列开往云南的火车,与前去前线作战的士兵也有过亲近的接触。那时我们也随时紧急集合,很紧张的样子。当时我们也的确热血沸腾,也希望尽快地上前线去,我和很多战友的梦想就是去战场上,最好是受点不太重的伤回来。

毕竟我们是武警部队,没有可能上前线去,看了乔治·奥威尔写的场面,我清楚地相信跟我想象的战场生活一模一样。马克思主义统一工人党后被定为非法组织,对其成员的处治真是"白色恐怖",这样的政治氛围,我同样也能理解,一边看着一边为他的处境提心吊胆。真是好在他受了伤,不然的话,难说他能活着离开西班牙。

有人认为这是乔治·奥威尔的最好的作品,《芝加哥星期日论坛》说这是"一本充满了睿智的书,一旦读过,你将终生难忘"。

的确是一本让人难忘的书,相信《巴黎伦敦落魄记》也是一样的感受。

尽管我是男人,
但我要再现她的声音

我们一直在构想出版一套菲茨杰拉德的作品集，前不久与译者签了出版合同。然而我对菲茨杰拉德却知之甚少，当然更不了解他与妻子泽尔达的故事。

而我随意买的一本书——《亚拉巴马之歌》正是写菲茨杰拉德与泽尔达的故事。

也许是因为本书的封面上写了是"2007年龚古尔奖获奖作品"的原因。

也许是很难看到做得这么好的书（我对一本书的装帧设计很看重）的原因。

也许是上天就是要让我在做菲茨杰拉德的书时，要多知道一点他的信息的原因,让我在适当的时候读到这本书。

这是一本很棒的书,作者是法国的吉勒·勒鲁瓦,他没有像大多数作家那样从一个平面的角度去写菲茨杰拉德与泽尔达的故事,而是把自己当成泽尔达,用她的眼睛去看那个疯狂的年代,以她的心去体验她的激情与撕心裂肺的痛苦。

菲茨杰拉德的很多朋友都痛恨泽尔达,他们都相信泽尔达背叛了他,妨碍了他的写作,造成了司各特·菲茨杰拉德的毁灭。勒鲁瓦却怀疑以往的传记作家们的客观性与真实性。泽尔达身上有很多东西吸引着勒鲁瓦,他说:"我觉得她身上非常动人的一点,是她的性格力量,她的抵抗力和身上强烈的创作欲望。"他觉得"泽尔达比司各特更迷人",于是决定写一部小说,而不是一部泽尔达的历史传记。

勒鲁瓦:"我觉得她的命运太浪漫、太有悲剧性了。泽尔达毁了自己的一生,却没有实现自我价值,没有被当成一个作家或是画家。从这个方面来看,她比司各特更有悲剧性……我自己当作是泽尔达。尽管我是男人,但我要再现她的声音,我在读她的文章、她的信件时我所想象、我所感觉到的声音。"

勒鲁瓦再现的泽尔达的声音是真切的,你能感受得到泽尔达发自内心的声音,就像是在自己心里发出的一样,不论是快乐的还是痛苦的。

村上春树
"敬爱"
雷蒙德·卡佛

李长声在他的《日下书》里说:"村上春树有'十万册作家'之称,他的小说一定能卖掉十万册,而一九八七年出版的《挪威的森林》上下两卷各十万册,两年之间一版再版,印数达五百万册。"最近听说他又出版了本《1984》的书,据说首印就是七十多万册,很快销售一空,给不大景气的出版市场注入了一剂清新,说他在拯救出版业。可见村上春树的影响力在读者中有多大。

我并不是很喜欢村上春树的作品,不过他的《挪威的森林》我也是在正热的时候读过,并没留下深刻的印象，还买过他一些其他作品，居然没有一本认真看完过。

《当我谈跑步时我谈些什么》是我最近买的一本他的作品，跟他的其他作品不一样的是，这是村上春树第一本写自己的书，他说可以"将这本书当作以跑步为基础的一种'回忆录'来阅读，也无甚大碍"。而我真的从头到尾读了它，并通过他谈跑步了解了他的创作历程。

初看到这个书名时，总觉有些"耳顺"的感觉，在什么地方见到过类似的书名，如《你在佛兰西斯科做了什么》，后来终于明白是被尊为简约派文学典范的小说集，雷蒙德·卡佛的《当我们谈论爱情的时候，我们到底在谈论什么》类似的一个书名。

台湾版的本书译名是《关于跑步，我都谈了些什么》，我便以为可能是译者或是哪位编辑大人喜欢卡佛的作品取的书名。周鹰是我们的英文翻译作者，她先生是日文翻译，我便咨询她，她说日文的原书名就是《当我谈跑步时我谈些什么》。

其实村上春树不仅是个小说作家,他也搞翻译,他译过司各特·菲茨杰拉德的作品,他说菲茨杰拉德的《了不起的盖茨比》"这真是一部精彩的小说,百读不厌,满溢着文学的深厚滋养,每次阅读都有新发现,都有新的感动之处。一个年仅二十九岁的作家,怎么能够如此锐利、公正、温情地看透这个世界的实相呢?这样的事情怎么可能呢?越是思考,越是阅读,越觉得不可思议"(施小炜译)。

村上春树喜欢的美国作家还有一位就是雷蒙德·卡佛,他的写作也受到卡佛的影响,他在日本翻译出版了《雷蒙德·卡佛作品集》。《当我谈跑步时我谈些什么》书名的原型,就是"我敬爱的作家雷蒙德·卡佛的短篇集的标题 What We Talk About We Talk About Love"。

国内出版的雷蒙德·卡佛的短篇小说集《大教堂》(译林出版社,肖铁译)收村上春树的《雷蒙德·卡佛:美国平民的话语》做前言,以简约的笔调介绍卡佛及其作品。村上春树说:"最早翻译雷蒙德·卡佛的作品要从1983年说起了。那是篇题为《脚下流淌的深河》

(*So Much so Close to Home*，又译《水泊离家那么近》)的短篇小说。我偶然从一本选集里读到，便认定为杰作，深受感动，不能自已，一口气将它译了出来。"

第二年村上春树去美国登门拜访了卡佛，与卡佛面对面地交流，那以后，村上春树把卡佛的作品一篇不漏地翻译了出来。村上春树认为卡佛是他最有价值的老师和最伟大的文学同道，他用心翻译卡佛的作品，可见他对卡佛的"敬爱"一点不虚。

克 罗 地 亚　　2 0 1 7　　吴 鸿

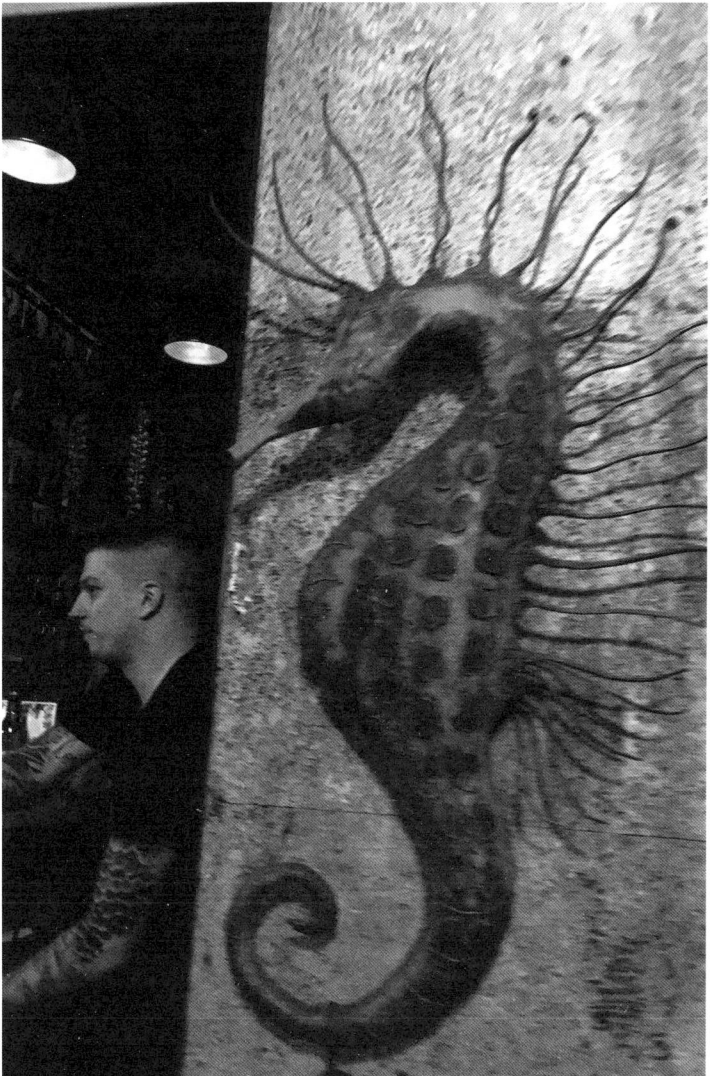

晒书记：
《在漫长的旅途中》

星野道夫是日本国宝级的摄影大师，1952年出生在日本千叶县，十九岁时在一家旧书店里看到一本《阿拉斯加》的摄影集后，对阿拉斯加充满了向往。二十四岁时，他移居安克拉治，长期穿梭在那里的山脉、冰河、森林与冻土之间，拍摄了大量的生态作品，极光、冰河、花草、鲸、棕熊、北极熊、麋鹿、海豹等都是他在阿拉斯加拍摄的题材，多幅作品被阿拉斯加政府与博物馆永久珍藏。他经常举办生态演讲，还带领日本小学生体验阿拉斯加自然生生不息的魅力。

1996年8月，他参与日本电视台在堪察加半岛的外景工作，第八日的清晨，一只棕熊闯进他的帐篷，作为一名敬业的摄影师，他没有逃跑，而是拿出相机拍下了他人生的最后一张照片后被暴怒的棕熊给拍死。他以拍摄阿拉斯加的野生动物来讴歌自然和生命，最终他也把生命献给了野生动物。

他的罹难震惊了全日本，他的遗作展吸引了上百万人在参观。他著有《旅行的树》《阿拉斯加，光与风》《表现者》《北方的光》等作品。

《在漫长的旅途中》是编辑的星野道夫的遗作集，截至1999年3月尚未发表的作品，星野道夫的文字纯净洗练，有如阿拉斯加冬天的雪原与春天的流泉，他温柔的笔触像阿拉斯加的夏花一样温暖人心。

《在漫长的旅途中》由台湾圆神出版事业机构旗下的先觉出版社出版，2007年去台湾时，圆神的副总黄国兴兄，知我要去台湾，放弃了陪家人去日本度假，陪我们参观圆神出版社。他说出版《在漫长的旅途中》颇费周折，是一场漫长寻觅的旅途，版权也谈了很久才得到授权的，圆神的副总编陈秋月写道：

出版星野道夫,其实也是一段"漫长的旅途"。

《我的野生动物朋友》登上排行榜首之后,我开始寻找另一个人与摄影的故事。法国的、美国的、日本的,《从空中看地球》、《鸟类的迁徙》、岩和光昭的日本猫,都曾被列入清单,也都因为少了人的故事与隽永的文字而被割舍。

直到在池袋的淳久堂书店翻到星野道夫的《Love Story》,才终于感觉漫长的寻觅似乎看见了曙光。但这曙光从2002年一直微照到2006年,其间经历了无数次的版权交涉、拜访出版社,以及没来由的机缘,竟恰巧在星野道夫去世十年后开花结果。

先觉版的《在漫长的旅途中》(列"人文思潮"丛书064)的编辑非常用心,设计非常漂亮,封面独出心裁,用了两个护封,在白底素净如阿拉斯加冰原的封面上,一护封为星野道夫拍摄的白极熊,另一个则是星野置身大自然的照片,也许正是这份真诚的对大师的热爱，才感动了授权者，率先由先觉出版社推荐给华人世界。

据说上海人民出版社最近也出版了《在漫长的旅途中》，不过在书店里还没有看到。"有一些人，除非你从未遇见，一旦你与他邂逅，总会有些东西被改变。或许是看世界的眼光，或许是观照自己的方式……"看了星野的《在漫长的旅途中》后，总是希望有更多的人与星野道夫邂逅。

克罗地亚　2017　吴鸿

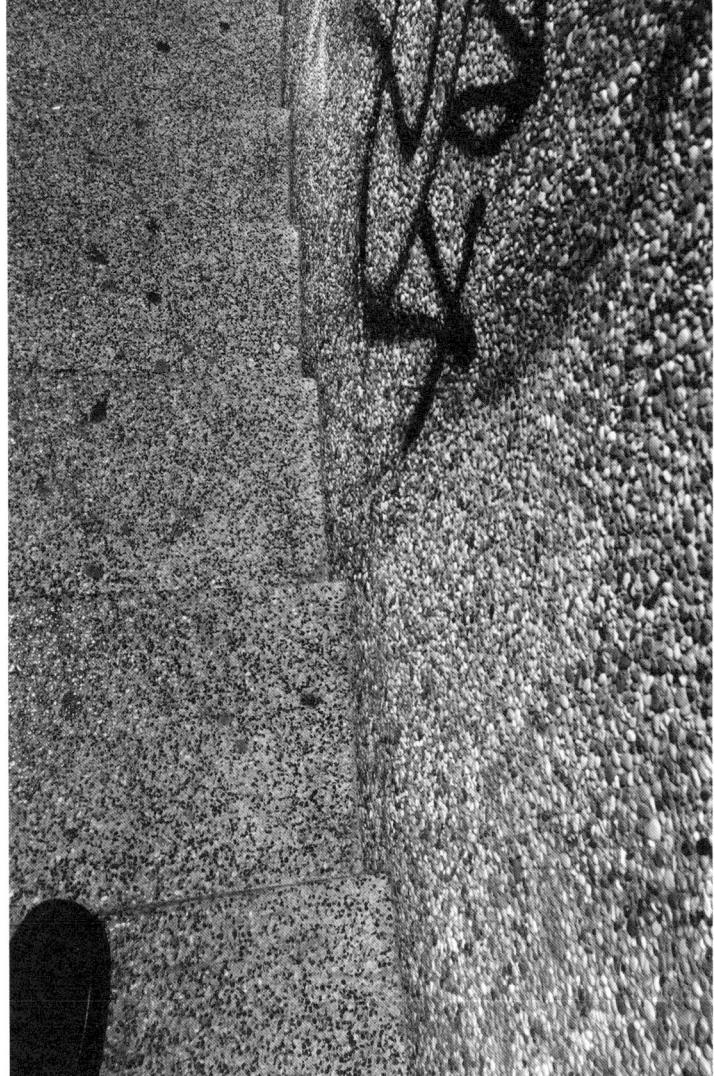

留 住 文 字 的 绿 意

终于读完了从安然处借来的董桥谈人物的作品集《酒肉岁月太匆匆》，这本书中的所有作品都是我以前曾读过的。这次重温，格外亲切。台湾版的书做得就是好。

《酒肉岁月太匆匆》是他作品集系列中的一种，其他还有《天气是文字的颜色》《红了文化，绿了文明》《竹雕笔筒辩证法》《锻句练字是礼貌》《给自己的笔进补》。

这系列书的原书名是《英华沉浮录》，共十册。大陆的辽宁教育出版社出过，十本小小的册子，我买来读了，很遗憾，有好多的错字，有的文章连标题都掉了。

我现在看的是台湾远流版，是出版社配合台湾的情况重新编辑而成的，没有像辽教社那"一仍其旧"。远流版装帧漂亮，印得精美，让我爱不释手，是我能认真重温的原因。

怎样编董桥的作品一直是我思考的问题，明雨说想出一系列董桥的作品集，让我与明德师商量一下，明德师说，怎么编要让董先生认可，董先生不愿别人删他的文字的。

我倒是不愿删他的文字的，找一个好的体例是我思量的问题，董桥的书大陆出得太多了，要出新得动脑子。

看了《酒肉岁月太匆匆》后，我似乎有了些感觉。读董桥的文字，让我也看到他那"一串串闪耀着学人灵光和文人雅兴的不朽语丝"。我想要的是他那"观察古今中外带有文化趣味的情事，领会个中寓意，然后回过头来斟酌眼前的文化现象以及这些现象牵出来的语文课题"。

我曾想找人编一套供学生课外阅读的"民间语文"丛书,无从下手,看了董先生的文章后,我认为完全可以从选编董先生的作品入手,让读者,特别是青年读者通过读董桥的作品领会一种人文的精神,在"前朝旧宅的深深庭院里"品味花和叶的新意;在滚滚红尘的喧嚣中"留住文字的绿意"。

顾 永 泉 编
《 学 生 万有文库 》

提到《万有文库》的出版，人们第一个想到的是编者王云五先生。1928年王云五先生着眼于开发潜在市场，理念是由专家执笔，内容通俗，文笔简练，本薄价廉，一般读书人买得起，用得着，值得存的书；用最便宜的钱，能装备一家小型图书馆的大型文库。《万有文库》第一集1929年开始印行，计出版1010种，2000册。首印5000套一售而光。1935年继续出版第二集，在短短的几年中，共出版了1700多种，4000多册。历史学家黄仁宇评价王云五是"一流的出版家，甚至可能是中国首屈一指的出版家"。金炳亮著的《奇人王云五》中介绍一件事：抗日战争时期，延安许许多多的知识分子聚集在延安，包括不少高级干部，都千方百计寻找各种书籍，渴望求知。宁毅侯老先生得悉情况后，捐献出家藏的全套《万有文库》。四十多箱书，用二十多头驴子来驮！当年的《纽约时报》评论王云五在战火纷飞中出版了《万有文库》，说这是"为苦难的中国提供书本，而非子弹"。

可能没有多少人知道，民国时期一个叫顾永泉的编者，也编过一套万有文库，取名曰《学生万有文库》，龚明德老师在旧书摊收一本，是重庆桂林新生书局印行的，32开，草纸印刷。

顾永泉何许人也，我遍查不到他简历，也不知他还编过些什么书，这本《学生万有文库》列为"新青年自修必备"丛书，它不像王云五先生编的《万有文库》，只是一本书而已，共设七编和一附录，分别是：第一编各类尺牍，共十三项；第二编书信用语，分作语法类与用语类；第三编模范作文；第四编模范日记，十二月，从八月份记起，八月是学校开学的月份；第五编描写文，以"天象之部""季节之部""地象之部""市厘与乡村之部""动物与植物之部""人物之部""女性美之部""表情与动作之部""心理与感觉之部"，下面还设更多细节，以人物之部例，就分儿童、男性、女性；第七编虚字用法。附录为：一、标点符号使用法；二、注音符号的次序及读法；三、国语文法表；四、国音四声符号表。

从这些编目可以看出，实则是一本"应用文全书"，包罗万象真是"万有"。书中例子全是古文，尺牍类在原文后"前函译白"，即译文白话。作文类即是"前文译白"，生僻的字句有注释，如"'孙武子'，春秋时期齐人，精战术。'悬殊'，差得很远"。

看到的这本共二百二十四面，从目次看，本书应在五百三十八面以上，这本是《学生万有文库》的前三编，因此也就没有看到版权页，也无从了解到出版时间。封三上有"重庆照相制版印刷社承印，制版部：七星岗德兴里二十号，印刷部：和平路一二九号院内"的字样。从出版单位来看，云集重庆时的出版社，大多应是在抗战时期迁入的,这部就是出版在商务印书馆《万有文库》之后,取这书名有效仿之嫌。

草纸印刷的书,可见当时条件之艰。经数十年的磨砺,现已无法细读。封面残缺,经龚老师巧用牛皮纸修缮,那份亲切,仍能感受得到编者的用心和藏者的爱心。

克 罗 地 亚　　２０１７　　吴 鸿

《小雨点》：
中国白话文最早的童话

说到现代中国儿童文学创作的时候，我们总是想知道，谁是最早的创作者。

无疑最早是商务印书馆编译所的孙毓修，他在1909年就开始引用"童话"一词，并出版《童话》专集，专为七八岁儿童所编，内容大多是编译西方童话与中国的民间故事。

叶圣陶是较早写童话的作家，鲁迅说他"给中国的童话开了一条自己创作的路"。叶公1932年出版的《稻草人》，是中国最早出版的童话集。

《文史杂志》2010年一篇题为《五四时期成名最

早的女作家陈衡哲》说,陈衡哲"是新文学初期写小说和散文的一位女作家",也是"新诗坛的第一位女诗人"。而她发表在1920年9月1日《新青年》第八卷一期的《小雨点》,应是中国白话文最早的童话之一。

陈衡哲(笔名莎菲,她在美国留学的英文名叫陈莎菲Sophia Chen)一生中在中国有很多个最早与第一名,在中国的文化史上处处领先。她在1914年,是中国政府选拔的第一批庚子赔款留学美国的女学生之一。1920年学成归国后,被当时新文化运动中心的北京大学聘用,成为中国第一位大学女教授。

她是胡适的好朋友,在胡适致力于提倡和推广白话文学时,她站在胡适的一边,是胡适坚定的支持者,胡适称她为新文学运动中"最早的一个同志"。现在看来,她自然也就是新文学运动的先驱者之一了。她在1917年第一期《留美学生季报》上发表的《一日》,就是用白话文写成的描写美国一所女子大学生活的短篇小说。当时鲁迅的《狂人日记》尚未发表,以小说而言,胡适说"《一日》便是新文学革命讨论初期中的最早的作品"。

上面提到的《小雨点》,胡适在序中说:"《小雨点》也是《新青年》时期最早创作的一篇。"

也有人说《小雨点》是中国第一篇童话,从白话文童话而言,我认为很难说是第一篇,因为如孙毓修的《无猫国》《大拇指》和茅盾的《寻快乐》《书呆子》都要早于《小雨点》的发表。但如果从内容来看,孙毓修和茅盾的作品说不上是原创,而是改编自外国童话与民间故事,从原创上讲,陈衡哲是领先了。如果从五四新文学之始的童话创作来说,她应当之无愧。

《小雨点》《运河与扬子江》《西风》被后人誉为童话作品,它们都适合研究者们说的"带有童话色彩",我想当初陈衡哲创作时就想写童话那倒未必。陈衡哲说:"我每作一篇小说,必是由于内心的被扰。那时我的心中,好像有无数不能自己表现的人物,在那里硬迫软求的,要我替他们说话。他们或是小孩子,或是已死的人,或是程度甚低的苦人,或是我们所没有智识的万物,或是蕴苦含痛而不肯自己说话的人。他们的种类虽多，性质虽杂，但他们的喜怒哀乐却都是十分诚恳的。他们求我，迫我，搅扰我，使我寝食不安，必待我把他们的意志情感，一一表达出来之后，才能让我恢复自由。他们是我作小说的唯一动机。"所谓《小雨点》是童话之说，不是作者创作时的本意，是"人类情感的共同与至诚"也。

《小雨点》中的十篇小说是陈衡哲从她十年来创作中选出的，她的创作可以说是起了个大早，却赶了个晚集。尽管她的小说在新文学运动中有着重要的地位，并没有得到今人足够的重视（《一日》的确也不能与《狂人日记》同日而语）也就可想而知了。

好在人们并没有忘记她对新文学革命的贡献，《小雨点》至今仍是小朋友喜欢的"科普童话"。

克罗地亚 2017 吴鸿

《 毛 泽 东 语 录 》

在20世纪中叶出版的《毛泽东选集》和红宝书《毛主席语录》，发行量之大，是中国其他出版物无法可比的，可现在市面上似乎很少见。

而不久前在台北的诚品书店，我看到了一本新出的《毛泽东语录》，让我的眼睛一亮，大红的封面上只有白色的"毛泽东语录"几个字，整体的感觉就跟"文革"时出的一致。扉页上的题词是："献给对这个世界还有梦想的人。"我手上的这本是2005年9月初版，在10月就第六次印刷了，难怪书封上打上了"诚品书店畅销榜"的标志。

这本《毛泽东语录》分四个部分,一为"毛泽东语录",收录了毛泽东三十三个方面的语录。二为"毛泽东五篇著作",辑了《为人民服务》《纪念白求恩》《愚公移山》《关于纠正党内的错误思想》《反对自由主义》。三为"毛泽东诗词"。四为"毛泽东一九六七年至一九六九年的指示"。

导读人是《新新闻》周刊副社长杨照,他的重读毛主席语录的文章是《策略与教条的辩证》。杨照说:"从好的方面看,毛泽东的语言再生动再活泼不过,句句简单直接打动人心,没有一点点文绉绉、没有别扭姿态。""这种语言,中国农民都听得懂,连十岁小毛头'红卫兵'们,都听得懂。"杨照说毛泽东思想的最大价值在于"打破了教条的策略精神"。

这本书的第一句辑的是"领导我们事业的核心力量是中国共产党。指导我们思想的理论基础是马克思列宁主义"。最后一段是"从现在起,五十年内外到一百年内外,是世界上社会制度彻底变化的伟大时代,是一个翻天覆地的时代,是过去任何一个历史时代都不能比拟的。处在这样一个时代,我们必须准备进行同过去时代的斗争形式有着许多不同特点的伟大的斗争"。

这真的是现实。杨照说:"我们……还是得回头读读《毛泽东语录》,理解《毛泽东语录》的内容。"

文 学 的 词典书

最近买了一本人民文学版的《私语词典》,作者是"在日韩国人"柳美里,一个清清秀秀的女娃子作家。我买它并不是因为她写得有多好,是因为我对冠以"词典"二字的文学作品有些兴趣。

我买过韩少功的《马桥词典》,这本书当年闹得轰轰烈烈的,说是这体裁抄袭了《扎哈尔词典》,后来有家出版社也出了《扎哈尔词典》,我也买了一本收藏。再后来发现一本三联出的《米沃什词典》,当然也是买来装点书架,米是诺贝尔文学奖获得者,加之书设计得好,我特别喜欢。有本叫《魔鬼词典》的也很有意思。

我认为以词典的体例来写传记或回忆录,是很好的方式,我希望这样的书出得多一些,也愿意自己也出一些这样的书,所以见到冠以"词典"二字,手就不由自主地伸过去。

《私语词典》是柳女子的一部随笔集,用四十四个词条,以各种各样的情景和自己的回忆为主料,佐以辛辣的独特的诠释,揭示迷离冷漠的世界。写得很露骨,揭露隐私十分透彻,把自己的隐私公之于众,让人感觉作者有些不太可爱了。

看了这本书后,也没有什么深刻的印象,只有几个歪歪道理让我记忆很深,抄下给大家看看——

在"两人"这个条目中她说:"某个新兴宗教的教主说,两个人的关系就是恋爱,三个人的关系则是婚外情,很多人相互爱,就成了宗教。"

在"探视"条目中她写道:"探视重病人,就是葬礼、扫墓的演习。小道具就是水果和花。"

将来我会做一些这种形式的书,相信大家会喜欢的。

克 罗 地 亚　　２０１７　　吴 鸿

书籍就是商品

西蒙·舒斯特出版集团的总编辑迈克尔·科达在他的回忆录里说,他跟一个大牌作者杰奎琳打交道,杰奎琳是一个"有诸多令人不敢恭维的怪癖"的人,西蒙·舒斯特出版公司跟她合作了一把,成功出版了《爱的机器》,发了财,但在还没有等到出版下一本书之前,她就与西蒙·舒斯特闹翻了。

迈克尔·科达仍成了她的朋友,他说:"我对他们夫妇一直心存感激,他们让我明白书籍也可以是一种商品,许多出版商至今仍未看透这一点。"

现在我们好多搞出版的,总是赋予书籍很多这样那样的意义,一旦不好卖了,就说市场有问题,读者有问题。其实是没有把书是什么东西搞清楚,就算是有些书我们不掏钱,书店也不会白送。

迈克尔·科达说:杰奎琳给出版界上了一课,一个成功的出版家除了必须牢记书籍就是商品之外,还要搞清楚,读者要的不多,只要精彩的故事(穷人致富;小可怜爱上大老板;硬着头皮上台的候补演员一炮走红等等)。这些是书评批判的老套,却也是读者掏钱买书的原动力,借着阅读别人的故事逃避自己的烦恼。

有句标语最足以代表西蒙·舒斯特的做法——"让读者放松一下吧!"

"借着阅读别人的故事逃避自己的烦恼",是让读者"放松一下"的需求,这样的书商品一定是卖得出去的。

克 罗 地 亚　　2 0 1 7　　吴 鸿

藏书之爱

美国费城人A.爱德华·纽顿（1864—1940）是卡特电器设备制造公司的经营者，也是一个爱书的人，暇时以阅读和藏书为乐，一生写了若干收书藏书的文论，大受时人欢迎。

大约有十年了，我曾买过一本三联出的他的《聚书的乐趣》，这是一本小小的书，装帧设计得太过朴素了，不好意思地说，我没有读完过一回。

去年底去台北，在诚品书店看到麦田公司出版的《藏书之爱》，眼睛为之一亮，出得真是漂亮。封面设计、版式设计和内文的用纸都让人心仪，尽管特价990

元台币，我还是一点都没有犹豫就买下了，全书六百多页，厚厚的，比砖头还沉。

这本书由陈建铭编译，陈先生译的《查令十字街84号》，我前两天刚读完。

《藏书之爱》之为编译，不是我们大陆所说的编译。大陆的编译首先让人是不敢相信，多半是不懂得原文，按现有译文编写而成。这本书之编为选编，是陈先生从《藏书之乐，及其相关逸趣》《洋相百出话藏书，兼谈藏书家及其他消遣》《最伟大的书与其他零篇》《蒐书之道》《蝴蝶页——文艺随笔集》五部著作中选编出来译成的。

很好的是，陈先生把这五本的目录都附上了，让读者知道还有什么篇目没有译出。看了那些目录，我真是喜欢，希望有一天能有那些作品的译本，再贵我也会买的。

听说重庆出版社也出了《藏书之爱》，不知道是不是陈建铭这个本子，如果是译本，又是这个体例，真是爱书人之幸。不过我不知道重庆出版社是不是有麦田出版那样的魄力，敢出那么大一本。大陆出版的书我最担心的就是版式的设计，一本好好的书往往会让你惨不忍睹。

这本《A.爱德华·纽顿的藏书趣闻逸事》，在台有数十位各界爱书人的热情推荐，说拥有这本书，如同握有一把开启藏书国度的金钥匙！看来真的值得各界爱书人一收，愿重庆出版社好运气。

纽顿在"绪论"中的第一句话说："在这个世界上，最有意思的是'人'（'女人'自然也包括在内），其次便是'书'。借由书籍，人们得以理解最深的秘密。"大有以"书中自有颜如玉"对读者进行阅读的引诱。

学 而 时习之

傅佩荣是台湾著名哲学教授，据说现在出版的作品已有九十多种了，其中有影响的就包括《哲学与人生》，这本书我前年在台北的诚品书店买了一本回来。"爱之堂"的崔正山先生很喜欢他的书，引进回来由东方出版社出了大陆的简体字版。

崔先生还引进了傅佩荣的其他很多书，陆续在大陆出版，《孔子的生活智慧》是其中一本。

五一节期间看了这本书，一下子产生了阅读傅佩荣先生作品的兴趣。以前读《论语》觉得吃力，读了《孔子的生活智慧》却明白了很多。参照其他本子对《论语》的解释，我更认同傅先生。

就说"学而时习之，不亦说乎！有朋自远方来，不亦乐乎"吧，我看了人民文学出版社出的《论语通译》，本书对这句话的解释，是我从小就听说的，也是我们对这句话的最为普遍的翻译——"学习了而时常温习，不也高兴吗！有朋友从远方来，不也快乐吗"！

傅佩荣先生的解释却是："学了做人的道理后，在适当的时机中加以印证、练习，心中便有喜悦。'朋'是指志同道合的人，能与心灵契合的朋友相聚，真是一件快乐的事。乐是形之于外，悦是暗喜于心。"

孔子是与释迦牟尼、苏格拉底、耶稣并称为人类历史上的四大圣哲，如果只是简单地对学生讲，学习了时常温习是一件高兴的事，发表一下"有朋友从远道来不是很快乐吗"的感慨的话，现在看来不是也太小儿科了吧。

孔子收弟子三千，教学"文、行、忠、信"，知书达理，而不是教条的读书学习吧。傅佩荣先生研习传统文化数十年，学生也不止几千了，据说他演讲《论语》

时，几个小时没有人去小解，可见对台湾的听众多有吸引力。我想他对《论语》的解释，认同的人会很多的。

去年底在台北时，本有一次见傅先生的机会，因我觉得不便一同去打扰，便没有随崔先生去。听说崔先生还要出傅佩荣的《老子讲座》《孟子讲座》《论语讲座》《庄子讲座》《易经讲座》，真是大快我心，值得期待。

撕书为读书

龚明德老师是现代文学版本考据专家，每周必到旧书市场去搜集民国版子。

我与他曾是邻居，每次看他搜书回来，他就要拿起工具，在阳台上把那些古董般的民国版图书进行修整。

我经常到他家去，看他把原本破烂的泛黄的旧书，恢复成原样，经他的修复，书又重新变成了一件让人爱不释手的宝贝。

他爱把旧书上的铁钉去掉，生锈的铁钉是破坏书的罪魁祸首。民国版子的书，有的像是小心眼的林黛玉，稍不注意就会伤了她，百般呵护，实在难以将就。他就干脆把书拆成散页,一页页地装在透明的塑料袋里,他说这既好保存也好阅读。

当然,他这样做,不是我要说的撕书。是为了阅读也是为了更好地保存。

撕书往往不会再复原了,纯粹为读书而撕书的事我经历过。

20世纪的70年代,流行梁羽生、金庸的武侠小说,大陆又买不到。那时大陆刚刚改革开放,有人发现了商机,也不知怎样就从香港搞回了武侠小说,他们就在街边的梧桐树下,用绳子绕一个圈,把什么《七剑下天山》《射雕英雄传》之类的书,撕成两三回一册,每册收费一毛两毛的,每天排队读书的人很多。一套武侠书,很快就能赚不少的钱。

那时我还是中学生,下午一放学,就以最快的速度跑到书摊上去,几个脑袋凑到一起读那薄薄的几回,有钱的读完了就接着别人刚读完的那部分,也不管情节是不是接得上,没钱的就眼巴巴地在绳子外面干瞪眼,成为当时的一道风景。

现在不是读书排长队的时代了，出版商想着花样掏读者的钱包，每年的出版物都几十万种了。

书越做越厚，越做越大。

一百多回的《三国演义》《水浒传》《西游记》之类的书，做成厚厚的一册，还是精装本，有人图便宜，买回去拿都拿不起，又怎么能读呢。多半的家庭都是束之高阁，让它生灰。而且好多人对书不讲究，空白多的美观的书，认为书商是在卖纸，不买账。所以，好多出版社把书当垃圾来制造。以前我怕买不到书，一见新书就买，读起来真是打脑壳、伤眼睛。

这两年什么书都能买得到了，好的版子也多了，既可收藏也便于阅读。

但是，整块的时间不多了，我便把一些书撕了来读，一天撕几页带在身上，等人的时候，上厕所的时候就可以读完。

原以为这是我的专利，有一次听到写诗的万夏、做出版的万夏说，他有年过春节，每天上厕所时就撕一回《三国演义》，一本"三国"很快也读完了，他说重读

"三国"发现写得真是好。

我不太赞成把书做得很厚,当然,该厚的就厚,做厚书如果是为摊薄出书的成本,那真是中国出版的怪胎。

有阵子关注民国童书,想写本《民国童书漫话》,发现那时的"中学生文库""小学生文库"甚至"万有文库"的书都不厚,有的书才只有十多页。同样是《三国演义》等中国古典文学名著,商务印书馆都是分十回一册出的,字号也大,不伤眼睛,携带轻便,真是为读者着想。

我不习惯在厕所里或是在公共场所抱一本书读,认为那样太装了。拿着撕下的几页读读,既轻松又随便。

今天,我又把茨威格的一本短篇集子撕了,把他的《看不见的收藏》装进了口袋,为了随时读它。

克罗地亚　2017　吴鸿

我 "容易" 去了

本来我很想勤快点,每天都写一篇博文,像云飞兄说的"日拱一卒"。

虽说我知道这是励志与自勉的话。但是,但是,我还是要说对我而言,人生不是下象棋。

象棋对我就像英语对我,字母认得全,放在棋盘上我就不晓得咋整了。

动脑筋的事,对我来说太难了,写文章就要动脑筋,头发都掉光了,还不如别人耍耍跶跶的就实现了人生的目标。

什么事情不难呢?人说变人就难,是人都难。也说生"容易",活"容易",生活不"容易"。真理啊。

那我只好找"容易"的做,活不是"容易"吗,活着不就是吃,不就是喝吗?

桌子上的菜夹着往嘴里送,酒杯子一端,往口里灌,一下就进了肚子。还真"容易"。

所以这两天我就"容易"去了。

前天,是龙兄过生日。过年前,还没有团一下年,他就开着车到处安逸去了,回来就赶上过生日,他说在他家包饺子吃,有吃有喝朋友相见欢。两瓶好酒下肚,平时难得有机会聚的朋友一起,交流起来嘿有快感。回家后已是午夜,这一日的卒子自然就拱不成了。

昨天,南京先锋书店的钱晓华老板来,毓秀苑赵总说约了一帮爱书的做书的卖书的朋友欢迎钱总莅临成都。这么一个中国的文化标杆来了,正好今天没有安排,那我就巴不得去"容易"一下。吃饭"容易",吃酒"容易"。但与钱晓华零距离真不"容易",我喜悦于这"容易"与不"容易",这一日的卒子,自然也就不拱了。

今天,《少代时代》杂志的陈小华老师,我们曾一起共事过三年多,初六日她优秀的女儿结婚大喜,我去沾了喜气,寄望蛇年进步。但她认为还不够,要将喜庆进行到底。说她先生没有跟我们"容易"过,婚礼那天又没有喝到酒,一定要补起。亚红大哥说她先生是个耿直的人,要去。陈老师做事认真,来了几个电话,就是要促成此事。如果我再客气的话,就太不会处事了,呵呵,有这么找台阶的吗?我算一个吧。

一句话,今天这一卒看来也拱不成了。

但有一双双眼睛要看着了,我也知道不守信的人的结果。前不久看了茨威格的《象棋》,知道久久不走一步,会把对手和观众逼疯的,最终赢了也当个铲铲。

于是我在还不"容易"的时候,先拱一卒,这一着可能有些飙,够大家想一阵子了。

我"容易"去了。

《"烂人"轶事》开篇

"烂人"这个词,无论怎么说,都不可能以褒义解。如果你要把这个称谓送人,除非做好了讨打的准备。"你这个'烂人'",一定是在肯定一个人的智慧,而且是跟你很好的朋友才能给他的。当然也很少有人自谦说自己是"烂人"的,大肚能容也难容一个"烂人"的称谓。

那我要说的"烂人"是谁呢,总不能是聂胖子作平吧,你看他的QQ签名:"如果才华横溢也是一种错,我早已一错再错。"可见他的智慧足可以做一个很"烂"的人了。他威猛的身躯有壮夫的风范,开口于我有无形的威慑力。他常年戴着墨镜，就像唐师曾跟我形容他的一位朋友一样"黑天也戴着墨镜"，看见他的眼镜总让我想起龚如心的辫子，酷，绝对的酷。他要叫我去喝酒我不敢不去，他要叫我"斗地主"，会发十二道金牌来，就算是我有事都必须以"莫须有"的方式推了。这么强势的聂作家聂诗人，"烂人"绝不敢给他。

于是，我只好在QQ上给范锐老师说："我现在是一个'烂人'了。"范老师回："Y？"我知道，这个"Y"是英格力士"why"的读音，范老师在大学里不仅教外国文学，而且还教英语，他虽晓得我现在也在背记几个单词，但还是怕我懂不起，又给了我一个"？"，也就是为什么、为啥子的意思。

我说："还不是那天喝酒引起的。"

范老师："那天我比你还喝得多。"叉，你看看，他还没有搞清楚为什么之前就把责任推开了，一个比我还"烂"的人。

我只好跟他说原来事情是这样子的，那天与几个美女喝酒，跟你没有关系，不知道喝了多少，喝了白酒喝红酒，喝了红酒又喝什么就不晓得了，"当代徐志摩"谢伟把我送回家，我躺在沙发吹了一夜的风扇，后来就感冒了，就发烧了，后来嘴角和鼻子就上火了，上火就烂了，所以就成了"烂人"了。

他说，扯那么多把子，喝酒发烧跟美女有啥子关系，我看是发骚喔，还要"烂"。说完就再也不理我了，我大有被抛弃了的感觉。

如果一个梨出现了黑斑，我们可以说这个梨烂了，是个坏梨，我们可以把它丢掉。

可是一个人的一个地方出现了黑斑，烂了，譬如说嘴角，我们能说这个是坏人吗？肯定不能。

感冒都好了，只是嘴角和鼻子是烂的，我们甚至不能说是病人。如果是与人打架受了伤，或是摔了一跤破了皮，我们至多说他是伤员，也不能说他就是一个坏人了不是，我想就算一个人得了绝症，五脏六腑都坏掉了，我们都不能说他是坏人。

范锐，你把我当坏人来打整了，不理我，哼，你记到哈。

我自称是个"烂人",是我真的不好给自己的容颜定个位。每个见我的人都要吃惊地问一下我怎么了,我都得从头再来一番解释,好麻烦喔。一句"我是烂人"大家开怀一笑就过了,省了很多尴尬。后来我发现,一个人还只有在脸上出现了状况,才好形容,手脚受了伤都不好描述,面部就不一样了,如一个人脸上有刀痕,我们可以叫他"刀疤脸"。我的几位台湾朋友每次到大陆来,都要互相提醒说,你们要注意一个"刀疤脸"的人,见了他要躲着。我们一听就知道说的是杨晓峰,他一个人曾把我两个台湾酒界大佬给丢翻了,来成都的台湾朋友一说喝酒必问有没有"刀疤脸"来。

"烂人"的称谓于我,已不是第一次,我有一个很好的朋友叫王汀,他在若干年前就赠了我一个"烂"的称号,随时随地,一见面或是一通电话,开口第一句必是"吴烂"。认识他时他还是一家医院的医生,找他看病看成了朋友。不知道为什么他要叫我"烂",找他看病时,我可是一点皮外伤也没有啊。可能大凡由朋友称"烂",多半是对朋友智慧的肯定,呵呵。呵呵。

自称的"烂人"是有期限的,火熄了,疤掉了,"烂人"的称谓就自动地无声地随着疤脱离了。而要王汀与我脱离朋友这个结,恐怕有些难,虽不是患难之交,却也有桃园之义,"吴烂"的称号是要与我共生死的了。有关王汀这里不多说他,他是个比我更"烂"的人,以后专文说他。

无论怎么"烂",总得要见人,要做事,虽不雅也是没有办法的,更让我难堪的是烂的这段时间却出奇地多事,上天注定要让我这个"烂人"广而告知。我想既然命定了,要"烂"就"烂"到底,我把这期间发生的故事做个记录,所见所闻所感以《"烂人"轶事》诏示大家。为了不让大家忘记了"烂人",每题都冠以"烂人"二字,如《"烂人"看见一只猫》之类的名字。

以上算是《"烂人"轶事》的第一章,其他的请听明日分解。

"烂人"夜候"开卷8分钟"

送胡因梦到鹤翔山庄安顿下来都九点过了,崔巍说这么晚了就在都江堰住一晚得了,但"烂人"和陈维还是要往家里赶。

"烂人"急着回去,是要看零点二十分凤凰卫视的"开卷8分钟",这基本已形成了习惯了。

"开卷8分钟"播放的时间让"烂人"十分郁闷,是周一至五的下午五点几分。"烂人"的单位上班时间是早九晚五,下班后就算是有神仙的本事,也难看得到。电视台的头头可能以为看这节目的人都不上班,或是在家里上班,要不就在办公室摆了电视机安了小锅盖。所以啊没有办法，只有看第二天零点二十分的重播了。他奶奶的，收视率低你不办就行了三，也免得"烂人"心欠欠的。

"那你不看要死啊。"一个声音曾对"烂人"说。

"烂人"说："不得死，但不舒服啊。"

"烂人"喜欢一切跟书有关的媒体，可有读书栏的报纸或是有读书节目的电视台，大多数的都自以为有多大个责任，了不得的要不完，一面以读书人自居，一面又希望节目能赚钱。

电视节目"烂人"除了新闻与读书节目几乎不看，遥控器一旦在手上就会不停地摁，翻找节目，气得女儿都想打"烂人"耳光。好不容易找到个"开卷8分钟"，而且一看到梁文道就觉得亲切。

家里的书都多得来放不下了，活一百岁也读不完，梁文道们每次用8分钟帮你读，不陪倒攻书，太对不起人了。

阳光卫视也有个读书节目，也是时间不对，居然一期都没有遇到过，开讲的可是美女庄婧啊，真是可惜。

不过"开卷8分钟"也不只有梁文道讲,"烂人"知道梁文道不可能不休假,不可能不出差。如果上班没有假,给再多钱也不会有人干的;如果梁文道不出差,"烂人"就不可能在成都见到他,跟他一起谈读书的感受。"烂人"见到梁文道时,"烂人"帮人做的《说戏画戏》出版,第一本送给了他,比作者还先看到。他认同书的设计,让"烂人"心里舒服了好一阵子。

"烂人"喜欢"开卷8分钟"不是因为见到过梁先生,"烂人"认得到的人多了,都去喜欢他们做的事的话,恐怕也没有时间费这8分钟了。主持过"开卷8分钟"的还有何亮亮,还有吕宁思,而且我还深夜陪过沈星读书。其他还有没得人主持过我不晓得,反正没有看到过了。不过他们三人的主持,"烂人"都不甚感冒。

何亮亮虽是名嘴了,但读起书来吞吞吐吐的,柏桦《水绘仙侣》的介绍分成了两截,前部分说书的特点,后部分说冒辟疆和董小宛,虽没得啥子不可,听起来,呵呵,口吃。本来"烂人"参与做的书,有人宣传是幸事,还是意犹未尽。

吕宁思可能是领导，西服笔挺地站上面，一周的时间介绍米兰·昆德拉的作品，讲得好是好，看起来听起来都是像在做报告。

美女沈星的主持就真是不靠谱了，要不是因为她漂亮，才懒得陪她一周呢，连翻书的样子都不像，一周下来"烂人"居然忘记了她给大家读了啥子书，敢说她就没有看完她要讲的书。沈星同志啊，你还是去主持你的"美女私房菜"吧，"烂人"还是喜欢看你弯腰时用手护胸怕走光的动作。

"烂人"听说美国有个脱口秀节目，一个名叫啥子的黑人女主持人的读书节目，只要经她在节目里说过的书，不管是新书还是旧书，都能大卖。"烂人"看不到，就算是看到了也听不懂，也就不假了。只是相信她的读书一定让观众痴迷。有一部施瓦辛格主演的电影，"烂人"一辈子也忘不了施州长在幼稚园为孩子们读书的场面，孩子们在轻柔的读书声中进入梦境。"烂人"恨不得能背下那段文字，可惜记性不好。遗憾。

"烂人"喜欢一个作家叫钱歌川，他的散文让"烂人"不忍释手。他的笔名叫味橄,他说他每写一篇文章的时候,要做到读者读到后,感受到这篇文章就像是专为他写的一样。没活多久的诗人朱湘也主张写作要像"圆桌"交流,说白了就是像是跟读者面对面地说话。

梁文道主持的"开卷8分钟",给"烂人"的就是这个感觉。他哪里是在电视里啊,他就坐在"烂人"的对面,"烂人"听得来忘了喝面前的茶了。

"我看你是在哄(喝)鬼喔,躺在床上看电视咋个喝茶嘛。""烂人"总是时时被范老师的画外音惊醒。算了,懒得理他。

吴太晓得"烂人"看完节目后不会立马就睡,还要抓起书来看一阵子,就说:"一点半叫醒我,我就不上闹钟了。"

她菜园子里的劳作就要成熟了,要起来收,她怕别人给偷了。她说还要顺便把武老师的菜籽给偷了。唉,摇头。"卿本佳人,奈何做贼",陪我读书多好啊。

人一犯痴，
多半都能有所成就

《你是我不及的梦》是"三毛全集"之外的佚作集，收录的二十六篇文章贯穿了三毛二十余年的写作生涯。

　　三毛是我喜欢的作家，我几乎搜有她大陆出版的所有作品，不管是正版的，还是盗版的。

　　三毛是热爱阅读的人，《雨季不再来》书中有篇题为《逃学为读书》的文章，我读后大为感动，我跟她一样，喜欢"闲书"胜过教材。

　　三毛在不识字的时候就开始看书了，她说她看的第一本书叫《三毛流浪记》，后来又看了《三毛从军记》，有插图的书，那时的她都拿来看，不知她"三毛"这个笔名的由来是不是跟这有关。

识字后的三毛，十二岁就开始了逃学找书读的经历，初二时就休学在家，再也不到学校去受模式化的教育，父母虽没有责备的话说出口，他们的叹气声，三毛还是记得的。

三毛说："休学在家，并不表示受教育的终止。"信然。

休学期间的她，读完了她能找到的所有书籍。我想，她能成为大家喜爱的作家，一定是跟她痴心阅读不无关系。

人一犯痴，多半都能有所成就。《你是我不及的梦》中的《走不完的心路》是三毛写漫画家蔡志忠的。

作为漫画家蔡志忠，大陆的读者不会陌生。

蔡志忠有与三毛类似的经历，念完初中以后就放弃了学校模式的教育，不再上学，全身投入到在少年时就已肯定的梦想，用手中的笔，自我成长，不断地尝试与摸索，日日夜夜，一步一步地为着那没有怀疑的理想，近乎痴迷入狂地努力。

在十六岁时就画了二百多部武侠漫画，后又以"古书新说"的方式，用漫画表现出来。有《庄子说》《老子说》《列子说》《史记》《论语》《唐诗说》《韩非子说》《菜根谭》《禅说》等系列作品。"古书新说"不仅是蔡志忠痴迷与执着的成果，也是他阅读经验与人生体悟的必然。

三毛说："一个人无论做什么事情，如果少了那份痴心与热爱，终是难以成就的，而这份'痴迷'，如果不在一开始就坚持下去，时间过了，也会冲淡。只有在不断地追求里——'一步也不离弃'的追求中，人，才能在付出了若干年的血汗后，看到那个可能进入的殿堂。"

谁说学校才是成就人才的地方？没有热爱与痴心，学历文凭也就是扯鸡毛。

我有一个朋友叫魏纬，跟三毛、蔡志忠一样，他也毅然地跟学校说了拜拜，开起了工作室，成立了铁皮人动漫公司。

认识他时,他还是个"小屁孩",喜爱画画,扎起个小辫子,"喜欢《绿野仙踪》里的铁皮人,没有心却依然快乐着,他克服种种艰难险阻,只为求得一颗心,来照亮自己冰冷的躯壳"。

从此,他与他的团队开始了"探索爱与美的寻心旅程"。

我想他找到了那颗属于铁皮人的心。

克 罗 地 亚　　2 0 1 7　　吴 鸿

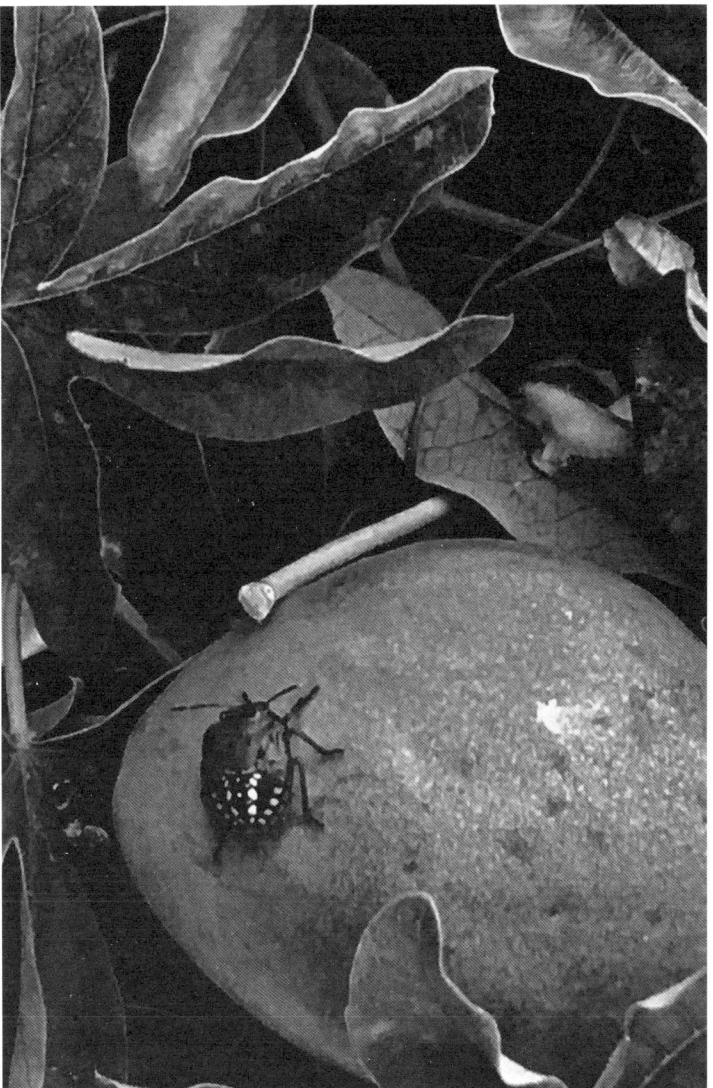

崔文川 的 癖 与 痴

张岱有说：人无癖不可与交，以其无深情也；人无痴不可与交，以其无真气也。

纵观我半百的人生，所交之友，大多还真是有深情有真气的人。

癖与痴最能娱己娱人。深情与真气相投，是同好，同好是交友的基础，然后成同道而喜乐无穷。

崔文川兄与我，有太多的情趣喜好相同。搜书藏书自不在话下，在藏书票方面我们有共同语言。照理我们应经常品茗把盏，掏心扯肺地相聚成欢的。而老天弄人，至今我们也没有见过几面。

一个在成都,一个在西安,要像身边的朋友一样常聚,自然是有些难。而他并不是一开始就在西安讨生活的,从他的名字可以看出,四川与他十分密切,我遗憾的是,几乎同龄的我们,并没有在成都就成为朋友。

第一次知道他是在龚明德老师家,那时我和龚老师是邻居,我常到他家去。有一次,他拿出一张用相框装裱好的藏书票给我看,有A4的纸那么大,好像藏书票上的像就是明德老师。当时我很惊讶,这么大的藏书票,像是一幅画作,与我想象的藏书票有天大的差别。

对藏书票我也有些了解,我收有李允经的《中国藏书票史话》,吴兴文的《我的藏书票之旅》《我的藏书票世界》,子安的《藏书票之爱》《西方藏书票》等不少的关于藏书票的书。

我喜欢藏书票,但我并不收藏藏书票,不仅不收藏藏书票,任何东西我都不收藏,就算读书搜书,我也是以体验生活为准则的。所以在吃喝中可以看出我的真性情,可以看出我对生活的热爱大多表现在口腹之欲上。

但自我看到了崔文川给明德老师设计的这款藏书票

时,心里萌生了想拥有几张的愿望,也萌生了要认识崔文川的想法。

众所周知,藏书票无论怎么大,也不可能大得过书的,它跟邮票一样,是方寸天地,于方寸间见大世界的窗口,也从中洞察到作者、藏家的内心世界。藏书票在私人手中,一般情况下是私密得紧而不示人的。

而崔文川这款藏书票,让我的心头一亮。他撕下藏书票作为私密艺术品的面纱,让它成为一件精美的艺术作品装进画框里,挂在书房,拉丁文的EXLIBRS告诉大家,这屋子里的是"我的藏书"!

崔文川他把藏书票的功能发扬光大了。我乐见他多做些可以挂在书房里的藏书票,与其他的艺术品争辉,而非做那些让人风雅地当书签用的藏书票。

喜欢藏书票、爱制藏书票的崔文川,我先入为主地就肯定了他一定是爱书的人。藏书票是袖珍的版画,我想他一定也是钟情艺术的人。而且我还一厢情愿地想,爱书爱艺术的崔文川,一定也跟我一样,人生的况味里是无酒无肉不欢的。

第一次见到他,在成都的燕露春茶舍,他是燕露春主人的朋友。见到他时,燕露春的唐堂主没有给我们互相介绍,以为我跟他们一样,有着同样喜好的人相聚,早就应该是老朋友了。

我请他们去吃火锅。初次见面的朋友,就像是遇见了武林中同道,是要试试杯的,仿佛较量气功的底蕴,杯中之物能承载几斤几两。

那天我喝多了,没有什么记忆他是不是也喝得够呛,他怎么离去的,我不知道。从此又是几年不得相见。

果然,文川兄的名字藏有与四川的秘密,他祖籍山西定襄,因他父亲是当年的南下干部,所以他出生在四川成都。

他曾畅游在四川的文化圈里,我相当多的朋友他都认识,而且,他在与阿年先生一起共事时,我们居然在一个院子里。

阿年先生是我非常崇敬的艺术家,我曾帮他出过一本《怀念旧居》的散文集,书中旧居之一的石马巷六号,我也在那里搞过工作室,与阿年先生楼上楼下,文川兄说,那时他就跟着杨老师(阿年)在办艺术杂志。

"说不定我们见过呢。"我说。

"说不定我们见过呢。"他说。

我们做着同样的事,而他在成都生活的轨迹中,居然没有与我交会的地方,这算不算是老天在使怪呢?

老天让我们捉迷藏,有轨迹却没时间相会。他跑到西安去,才现出身来,以藏书票的姿势、以火花的姿势、以长安笺谱的姿势、以办杂志的姿势向我打招呼:"时间到,你没有捉到我。"

第八届全国民间读书年会在成都开,他为读书年会制作了藏书票,其间,我们终于有了再次见面,一起去了求知书店买书,他还介绍了很多朋友跟我认识,特别是早就想认识的李高信先生。他的朋友多,我们也没有什么交流,连酒都没有喝到。

朱晓剑同志爱在QQ群里发消息,说崔文川什么时候要来成都,无数八回的"狼来了"。不过晓剑兄去西安后,倒是给我带回了文川兄给我制作的藏书票。

期待与文川兄聊读书也好、聊搜书也好、聊藏书票也好、聊文坛掌故也好，不能择日，只能撞日。

最近，文川兄真的来了一次成都，他给流沙河、龚明德、朱晓剑和我带来了他制的长安笺纸。在他下榻的毓秀苑书香主题酒店，我们撞到了一起，他展示流沙河先生给他题的《雅玩》和《汇文成川》。

各地与文川兄交往的朋友很多，都是爱读书藏书的人，他给很多朋友都制有藏书票。文人雅兴，以美文写出他们心中的崔文川，期待将这些文友往来汇在一起，汇文说文川，这便是《汇文成川》的来历。

我想，人生的最高境界大多都是玩出来的，用心地玩，就成癖成痴。

文川兄玩火花、玩藏书票，再玩长安笺谱，跨时三十余载，收藏既丰，制作成家。他的痴，让人想起王世襄，玩出了文化玩出了传承，这就是"雅玩"了。

用奥勒留《沉思录》的方式来说，从董桥的《藏书票史话》那里，我知道了藏书票的历史；从吴兴文的《我的藏书票之旅》和《我的藏书票世界》我知道藏书票里有故事;从李允经的《中国藏书票史话》中,我知道了藏书票在中国也有一个江湖;在崔文川的"雅玩"里,我懂得了藏书票的艺术。

在藏书票的世界里,我认识并理解了崔文川的癖与痴。

熏我陶我，诚哉斯言

侯荣博客上发表的画作，每一幅我都细细地品读过，也在他家里看到过一些原作，如《门》《五金店》以及未完成的《乐林与文涛》。不过瘾。得知他出版了本《幻真》的作品集，就找他的同事叶茂借了本来看。

他在出版大院里做事，我认得他很早，知道他很早，接触他却是不久的事。以前跟他距离远，敬佩他多，崇敬他多。

《幻真》系列是侯荣匠心独运之作，说一个画家的作品匠气，不是中听的话，而说到"匠心"则是指其工至善至纯，到了出神入化的地步。如果只是匠，人人假以时日俱可得,而匠心独运却是复印机也无可复制。

侯荣说:"我的技法是写实的,人物、动物、风景都是写实的,但它的组合、趣味、意境都有中国传统文化精神的影子。"

《五金店》《门》《窗》《老店》《蓝天白云》是他写实的代表作,实是古典主义的,实是真实,唯真实,才真诚。这些画作让我看到了照相机的无能。

《幻真》系列中,人物、动物、风景也是写实的。但色彩是变形的,红黄蓝的组合,呈现如反转片,也是遵循了真实和真诚的艺术原则。却远离了古典主义的真实,脱离了古典绘画,带有了超现实主义的语言。色彩、组合有波普主义的味道。

色彩变形,就不是真的相貌,是作者主观的体验,是用超现实主义的语言表现幻影下的真实。

乐林:"这四十件生活碎片拼就的《幻真》系列,定然是左古典、右现代了。"

侯荣一脸茫然:"有那么复杂吗?"

看门道我不内行,看热闹我喜围观。

看《幻真》系列，我真就简单地认为没"那么复杂"。

以吾辈所受的教育，我从《幻真》系列中看到不变的元素是人物，他的女儿以及珍禽和风景（或山岳或大地或天空云彩）勾勒出了中国意境的图画来，这意境从它们的名字看到了有如《离骚》的诗意，如《梳羽》《梦行》，如《阗野》《触机》。

在我看来，侯荣是用超现实的绘画语言，表达是一种大爱，一种真情。

珍禽是真情的隐喻，山岳也好大地也好，天空也好，是父亲的胸怀与力量。珍禽的表情与动作，和色彩的变形，说波普也好，似反转片也好，那都是侯荣认知上的一种丰富。

日本作家青山七惠说的"在相似中写出丰富"是也。

《幻真》系列，是侯荣"人物、动物、风景都是写实的"相似中，以色彩的变形的意境表现了他丰富的情感吧。

当然,我们要说《幻真》系列表现的是自然与童心;表现的是天人合一,地球上所有生物和谐共处的美好愿望也可。

流沙河说:"美术作品本来就是画给广大外行看的,熏他们、陶他们,良化他们的欣赏趣味。不是要把他们熏陶成内行,而是要用美育充实他们各自的生活。"

《幻真》系列作品,熏我陶我,诚哉斯言。

克 罗 地 亚　　2 0 1 7　　吴 鸿

对 酒 说 《 兄弟 》

与静染兄聚,是为他即将出版的关于"五通桥"的书,我俩吃川江号子,从他的五通桥说到了我们60年代人生活的"文革",有好多的话题,足足可以写出一本本催人泪下的书来,可能很多人忽略了"文革"当时还是童年的我们,但"文革"对我们人生的影响是不可低估的,我们目前还有些言行影响着我们的子女,尽管他们对"文革"已一无所知。

　　不知怎么就说到了余华,前不久我还重读了余华的《活着》,又一次拍案感慨。静染兄说余华的《兄弟》上部好,下部就不够好了。他认为上部好,是余华再现了他的童年那段时间的生活,写作手法非常不错,夸张地表现了余华对那段岁月的理解,有距离感,真实。而后半部呢,余华对当下的生活理解有问题,后半部的生活一下子离我们很近了,社会信息量突然加大了,对纷繁的变化思考不够,对现实的思考不充分,一下子掉进了当下生活的泥潭,所以不好,浮躁了;也就是说不够真实了,退一步,远一点更真实些。说白了,是余华把下部写早了。

静染兄的见地很好,同意他的意见,但又觉得有些意犹未尽。

《兄弟》的下部我是在病床上一个晚上读完的,我知道很多评论对余华的批评多于肯定,却并没有认真去看过这些评论文章。我倒是十分地肯定《兄弟》这部作品,距离产生美,上部离我们稍远一些,我们看到了"真实",哪怕是夸张的真实,因为我们能得出一个结论了,那段历史就是那样,是苦难的历史,在中国没有人写苦难比余华写得更好,所以人们说它好,但没有《许三观卖血记》好,没有《活着》好,它们比《兄弟》更远，所以我们相信它更真实。

下部《兄弟》就不同了，离我们那样的近，我们每个人都生活在其中，对这段生活都有发言权，你余华算老几，怎么能跟我的理解不一样呢。如果读者都想参与对这段生活的表达，余华自然不能让人人都满意了，也就是好多人都说下部不好的原因之一。

我非常看重一部小说的节奏感，不是写作上的，而是阅读上的节奏感。《兄弟》的上部比起下部来短很多，但读起来却让人并不轻松，仿佛长得吓人，而下部厚得来阅读的重量不仅在手上，而是在心里。而且行文紧凑得至少让我有些喘不过气来。其实现实生活就是这样，没有几个的喘气是匀速的。我是一个读者，更多的是去理解余华的表达，而不是先站在一个高度上去评判他。

培头题赠《天竺灵签》

培头寄来一盒子稿子,里面夹有装订完好的《天竺灵签》复印本。

《天竺灵签》有手书"前记",记由培头撰,衲子书写。讲培头找书送衲子的经过,衲子又题写"后记"。此复印本乃培头"自赏"之宝贝。

我不知寄我何故,以为他的《孤山一片云:沈培琐忆》要收入"前记",于校对有用。直觉珍贵,便妥加保管,怕有闪失,不能物归原主。

2013年岁末,时值西方圣诞日,"沈培琐忆"清样出来,培头从香港飞到成都来终审。我把原稿并《天竺灵签》还他,他说:"《天竺灵签》送你了。"

这本《天竺灵签》是郑振铎(西谛)先生所收藏宋嘉定间刊本,于1958年上海的古典文学出版社影印出版的。此版后,没有重印过。培头说当时只印了一千二百本,还含了二百本的特藏本,定价三元七角。甚为珍贵。

2005年衲子(大龙)惦记此书,培头翻箱倒柜,费时两小时才找出来,送给衲子。跟衲子说,要复印两份,培头写题记,衲子书写。

培头讲,原书送了衲子,一本复印本送给了杨戈,这本是他"留本人自赏"的。他说衲子是有名的书家、画家,字写得好,画也画得好。

衲子姓陈,名征。又名大龙。生于1940年,十六岁跟张惠中先生学书法,画兰竹。是当今写意花鸟画的高手。我在网上看到了他的字和画,很是喜欢。

郑振铎在《天竺灵签》跋里写道:"这本宋版的《天竺灵签》的插图,不仅图形较大,而且人物形象也大为生动活泼,在版画技术上它是相当成熟的,相当有成就的……保持着高度的艺术性。像'黄钟大吕'之音,是能令人心悦情怡的。把这部宋版的《天竺灵签》影印出来,不仅是足以见到中国早期木版画的成就的高超,而且可以看到那个时代的人民生活的若干方面。"

我虽没有看到过"用珂罗版印出"的原书,但这部有着故事的复印本,仍然给我带来欣赏的喜悦。衲子先生的字与印,是他与培头友谊的见证。

我不能夺人所爱,拒不受。

培头说:"我都八十多了,留着有什么用,放在你这里,它还在。"

他在扉页题上:"吴鸿兄存赏,老培头赠,二〇一三年寄自杭州。"

与培头相交不长,成忘年交。此书为证。

谢伟的《花影楼随笔》

谢伟给我写了三本书,第一本是《房龙讲述美术的故事》,出版后影响还不错。后来又让他编写《房龙讲述建筑的故事》,再后来又让他创作了《石头的文明》。

说实话,确立这几个选题时,并没有想到他在这方面的修养有那么高,交稿后才知道他真是了不起。对他就越发信任,一有这方面的想法,总是要征求他的意见,得到他的认同,如果能写的话,当然首先想到的是他。

最近我正在跟他商量写两本有关艺术普及的读物,

我希望他能写出两本像台湾蒋勋的《写给大家看的中国美术史》类的作品。这也正合他意，他说他女儿也很喜欢艺术，这类书也正好给像他女儿一样有同样兴趣的读者一些启蒙。在我心里就悄悄地希望他将来能成为中国的房龙或是贡布里希。

谢伟的文学造诣很高，写了多年的散文随笔，听说还有许多的粉丝面条，多数都是女性，我不知道这些女子是怎样透过他的文字，嗅出他男人的气息。但确实是很准确，他的形象就有那么帅气。

现在他的第四本书又交给我来操作，要不了十天就可以见书了。刚才我与他一起对完清样，最后还确定用一张他很"五四"的黑白照片，看能不能有当年徐志摩的风采。

这是一本随笔集，分为"亲情""人情""闲情""议论"四辑。给他好评的人很多，我看了他的稿子几遍了，还是赞同一叫刘镛的文评家的话："他的文字唯美而真实，温婉而深邃。一种久违的深情叙述，一种飘逸的诗性情怀。他的优雅、幽默、深邃的气质和率性、诚恳、细腻的天性凝结在字里行间,让文字充满了魅力;他对生活细节的把玩和对人生哲理的发现更是充满了趣味和智慧;而淡然清远的意境,浓烈诚挚的情感又让人掩卷回味,感动、温暖。"

谢伟对中国园林的感悟也是独树一帜,所居处命名为"花影楼",即跟他爱园有关,自号"花影楼主",才有这本名叫《花影楼随笔》的集子。大作《川园子:品读成都园林》也出版在即,关于这个话题,下次再说。

你是个"诗心"很重的人

我跟龚静染聚会,一般都不会在茶馆,大多是在酒桌上。

有一次,我说:"静染,你是个'诗心'很重的人。"

他的表情立马显得很尴尬,有些挂不住了,我明白他是把"诗心"误为"私心"了,如果是英文表达多好啊,绝不会出现这样的误会,英文中鸡和鸡蛋,大鸡与小鸡的读法都不一样。

估计他在想:"老子请你吃请你喝,还私心重?"

他的稳重可以成就大业,他没有辜负他文雅的眼镜，平静地问："你怎么有这种印象？"

我说："自我认识你以来，每次在一起，三句话不到，就扯到诗上面去，说诗，写诗，讲诗人，特别读了你给《中国第四代诗人诗选》写的序，我才发觉，你娃在诗歌理论方面的造诣，比拿工资的专业诗评家还地道。"

他的脸终于有了笑容，举起酒杯来碰了一下。

《中国第四代诗人诗选》他是出版倡导者也是主编之一，是他与我合作出版的第一本书，诗集出版大家都晓得难，写诗的比读诗的还多，这本书却重印了两次，真是难得。

他的第一本散文集《小城之远》是写乐山五通桥的，五通桥是他童年生活过的地方，也算是他的故乡。

五通桥是"抗战"大后方重镇，一度相当繁荣，1938年民国盐务总局就曾迁至此。徐悲鸿、齐白石、丰子恺、关山月、叶圣陶、凌叔华、杨静远等都曾在此停留。

龚静染发掘了一大堆的史料，走访了大批健在的文化学者。五通桥在他的文字里生动了起来。

从诗歌到散文,他的思维已在从诗歌抽象性过渡或是转变到冷静客观的文化思考上了,这已经让我惊讶。而更让我惊讶的是,他还以五通桥的盐业为背景,创作了长篇小说《花盐》。

他是在悄无声息中,完成了一部长篇小说的思考与布局,十年一剑,他完成了从诗人到小说家的过渡。

《花盐》作为书名会让人产生歧义,有些暧昧,让人想起喝花酒、打花麻将。当然,这都是玩笑话。龚老师跟我普及说,花盐是与巴盐、块盐相对的,细腻,像雪花一样的盐,盐质好,味纯正。

盐的专著我想肯定不少,我只翻阅过美国历史学家马克·科尔兰斯基的《盐》,一部生动的盐的历史书,开篇从四川的自贡说起,结尾还是在说中国的自贡。

写盐的小说,我就只读到或是说发现到静染的这本曾叫《花盐》,现在叫《浮华如盐》的长篇。

我看过三遍手稿,跟他交流就不止三次了,耗了他几瓶子好酒。静染谈起诗歌是有激情的人,谈到小说又是很谦虚的，几易其稿才成出版。

《盐》的作者说："中国的盐史开始于神秘的黄帝时期，据说是他发明了书写、武器和交通。根据传说，他还发动和指挥了第一次由盐引起的战争。"有人说盐的历史是半部中国史，不懂盐的历史，就不懂中国史。可能有些夸张了，不过盐在中国历史各个时期的重要性，却是不容忽视的。小时候看过一部电影，名字不记得了，红军为了得到一些盐运到根据地，要通过白区而付出了许多的艰辛。

《浮华如盐》所反映的时代，是清朝中后期到抗战之间，跨度不可谓不大，从盐的原始生产过程到现代机器生产，和民族工业的盐业在各个重要时期所面临的挑战，都在小说中反映到了，关注到了国家与民族的命运。

我非常认同编辑的概括："《浮华如盐》具有波澜壮阔的大背景，故事厚重而文笔从容，作者将浓郁的诗性和独特的视角融汇在跌宕起伏的历史叙事中，勾勒出了大时代下人物的命运，是一部弘扬民族商道、推崇实业报国的长篇小说。"

诗人写小说就像官员下海,有得天独厚的资源优势。诗歌语言的凝练,文字的张力,是龚静染得天独厚的本钱,为《浮华如盐》增添了不少的魅力。

成都，
我常去的几家书店

2009年春节前，我得了严重的糖尿病，眼睛开始模糊了，看书都成问题，医生是强迫我住院治疗的。其间，医生要我必须每餐后步行两小时消耗热量。我开始了漫长的散步活动，这项活动要伴我终生。

我是一个懒惰的人，每天医生都要催着我出去走，我开始以华西医院为中心点，往四周"散步"。我制定了一个散步计划，坐在病床上想好出门的方向，最终的目的地——书店。

第一天，出门往右走，有一家书店叫尚书房，我想这家书店的老板一定去过香港，店名是直接借来用的。

香港的尚书坊我记不得在哪条街了，但是在闹市区的二楼，里面大多是从内地进的简体版图书，我去光顾过几次。成都的尚书房书店离医院太近了，达不到锻炼的效果，没有进去，一直走下去，一边看路边平时没有留心的小商店，一边心里惦记着芳草街的印象大书房，走到那里，一定会出一身大汗的。

　　印象大书房前两年在成都做得不错，他们想出了个很好的办法，把书店开到图书馆里，读者可以在那里买书，也可在图书馆里借书，据说（不确切哈）卖不掉的书还可以卖给图书馆做馆藏。现在已收缩了，好像这个合作并不是太理想，但芳草街的那个店，却一直是读书人的精神家园。二楼是书吧，经常有一些活动在那里举办，汇集一些时尚的读书男女。我不喜这样的活动，只参加了一次韩东的作品发布会，是介绍韩东的小说《小城好汉之英特迈往》，朋友楚尘组织的，来了很多文化界的朋友，热闹得很。但我更喜欢他们的陈列，面积不大的书店，五脏俱全，三联书店的书他们有专门的陈列书架，三联的书我所收藏的大部分是在这里买的。

果然到那里时已是一身大汗，平常少有这样走路，有些累了，正好在书店里歇歇。大约半小时，买了十几本书。走出书店，华灯初上，原来成都的夜色是那样的美，朦胧中，每一个MM都是漂亮的。回到病房里，正好是两小时后的餐后血糖测试。读着刚买来的书到凌晨三点，测了这次的血糖便可安然地睡到天亮了。

不可能每天都去印象大书房。第二天，我决定去购书中心，距离也差不多有去芳草街那么远。文轩的购书中心，是目前成都最大的书店，陈列着十几万种的图书，如果你真是一个爱书的人，只要有足够的耐心，大可以一整天不出来。每年我在那里都会买上上万元的图书，我曾说过，我在文轩供职搞出版，得了文轩的工资，我要把所得的三分之一回馈文轩的书店。现在的文轩购书中心，早已装修得很辉煌，里面有很多与出版物无关的东西都能买到，引进了电影院和西餐馆，还可以打游戏。出院后我每周都要去两次，一年多了，我还是不太习惯新"购中"，就连跟我一样爱书的女儿都说，这不像是一家书店了，我还只有安慰她说，习惯了就好了。我的家离"购中"大约二十多分钟的距离，每天晚餐后，不由自主地就往这边走，自己都希望能早一点习惯新"购中"。

往北走，在天府广场有两家大型的书店，一是文轩的天府书城，一是民营的时间简史大书房。这里是成都的心脏地带，离华西医院虽是直线距离，走过去却需要五十分钟，因两小时后要测血糖，不可能在那里久待，当然就更不可能同时两家书店都逛了；好在要住二十多天的院，有足够的时间往返。第一天去天府书城，并没有看到一本自己想要的书，那里的书跟"购中"差不多，只是陈列有差异而已。正要离开时，文学馆来了新书，一本陈丹青的新书放在了柜台上，是《荒废集》，算病中首次"天府"行的收获，并在当晚读完了它。

时间简史大书房离天府书城只一街之隔，过去倒是方便，平时这里不方便停车，我是一次也没有去过。因病得缘，与之亲近，在城市中心有那么大的场地来做书店，我也真佩服老板的胆子够大。进过太多的书店，"时间简史"的图书陈列就不太专业了。我不喜欢这里乱糟糟的氛围，不过书的品种倒还齐全，文轩书店里没有的书，在这里也可以轻松找到，广西师大出版的陈存仁的书，我在这里就买了好几本，不过品相都不好，可能是存放得太久了没有人问津吧。离开"时间简史"，没有想过再去第二次了。

往西走，离华西医院只几步之隔的大书店叫"新知书店"，在立交桥下，而且在一个商场的二楼，是昆明开过来的连锁店，书店之大可跟文轩的比，不过在这个地段和楼层，我不知道它可以支撑多久，书倒是多，进去俨然进了大书库，人不多书多。别的书店的广播里会放些轻音乐，而新知书店却滚动播出董事长的丰功伟绩和上级领导的亲切关怀以及新知书店的远大理想。尽管如此，我还是不想空着手回病房，买了一套吴鲁芹的作品集。离医院太近了，可能五分钟就到了，我采取的是从西南民院绕道武侯祠大街再折回的方式，途中会经过一家折价书店，全卖的盗版书。我只会去看看，不会买。

西北方向还有一家书店，是我常常想光顾的，路途比去时间简史大书房还要远。在商业街，叫求知书社，就开在省委大门口，面积只有十多平方米，没有住院前是每周去一次，是因为女儿每周一次的学弹琵琶要途经那里，时间有一小时，我便在那里买几本书，坐在车里看着书等女儿下课。时间久了，知道老板也姓吴，每次买书都打八五折，其实不只是我了，每个人都会打八五折，就像一家折扣书店。来这里的人多半是熟人朋友，也有些领导，进的书都是人文类的居多，书店面积有限，书都比较新，新出的热门书到成都当天就可上架，有得书之先的优势。老板姓吴虽是家门，但我们并没有多少交流，想来她也曾有做大做强的理想，前些年曾开过很多家小门店，有一家在省作家协会的门口，流沙河先生经常光顾，里面有个小妹读书不多却很懂书，每次沙河老师去，他们都能谈很久，沙河老师说她是真懂书的人。最近常去求知书社，每次看到吴老板在坐堂，小工几乎没有了，我开玩笑说她怎么这样节约成本啊。她说你是搞这行的，真是难做，作协门口的书店都关掉了，原以为作家们都喜欢书的，没想到他们只喜欢写书不喜欢读书，再多几个像沙河老师这样的顾客书店也难以为继啊。求知书社店堂虽小，却是我见过的书店里的大社会，特别夏天的傍晚，会聚集很多的人在那里聊天，也不买书，想来是老板的朋友或街坊邻居，她让他们坐着，有时与他们聊聊股票上的得失，家长里短的，亲切得可以。我听到一位不知是干什么的高人，说话声音嘿大，现在金融危机的压力下，他说他手上有十几个亿不知道怎么用，问与他一起聊天的说，只要你能找到合适的项目，上亿的钱随便用。此人背心短裤打扮，手持一把蒲扇，这里真是藏龙卧虎之地啊。老板小吴，她并不会大意了生意，不时地会把一些书丢到我眼睛扫过的地方，她知道我喜欢哪类书。今天她把一本朱天心的《击壤歌》放在我的手边，我说我早有了，也读过了。她说我是放在那里，架子没有了，这本书好。好像并不是刻意在为我推荐。

现在我是以家为中心点，每晚出发散步，终点站仍是书店，不过相对集中些，主要还是成都购书中心、求知书社、印象大书房。天府书城太远了，有时去，刚到一会儿就催着要关门了。另外每天送女儿去上学，要路经一个书店，叫博知堂。我们戏称它叫"脖子长"书店，偶尔也去去。

人说"兔子的尾巴长不了"，在网络时代的今天，在电子书叫嚣得很响的时候，传统的书店脖子又能伸得了多久呢，可怜的书店啊！

克 罗 地 亚　　2 0 1 7　　吴 鸿

今 天 真 是 好日子

晚饭我做了排骨萝卜汤,是女儿点的,她希望萝卜多些,排骨少点,其他的什么都不要,弄得我要献殷勤都搞不成。

吃完饭,惦记着《博尔赫斯谈话录》和《文雅的疯狂》,想到购书中心去碰碰运气,购书中心虽然很大,想要的书却往往没有。

还好,很快找到了《博尔赫斯谈话录》,威利斯·巴恩斯通编,西川译,广西师大理想国版。不远的书架上看到《大石缝镇的小书店:关于友谊、人际交往和读书其乐无穷的回忆录》,温迪·韦尔奇著,郑国强译,上海三联版,这本书上次没有买,这次没有犹豫。

今天真是好日子,在外国文学书架上,发现了早就想要的《文雅的疯狂:藏书家、书痴以及对书的永恒之爱》,尼古拉斯·A.巴斯贝恩著,陈焱译,上海人民世纪文景版。我买过作者的《为了书籍的人》《永恒的图书》,有关书的书,我都爱收藏,上瘾。

我想反正都到了文艺出版社了,就多关心一下文学书吧,就到了文学柜,买了新经典出的马尔克斯的《番石榴飘香》(林一安译),此书很早以前买过,应没有作者的授权,现在这本是中文版首次授权出版的,支持正版,再买一本。另又买了本王永年译的《迷宫中的将军》,也是马氏中文版首次授权的书,我计划把马氏的中文版收齐。

从去年到今年,拿起又放下,放下又拿起的一本书,美国作家乔纳森·弗兰岑的《自由》,缪梅译,定价:49.50元。书很厚,这个价位不贵,担心没有时间读完,放下过很多次。每次到书店看到《自由》就想到王胖子,去年茶聚时,一连几周他都捧着这本书,他经常赢我钱,从没有看到过他读书,没想到一读就是大部头,真是有些佩服他。

今天买回家,十七说:"这是我今年要读的第一本书。"这本书也是新经典出的书,我喜欢新经典做的书,再厚也无条件地支持。

重 复 之 书

西尔薇亚·毕奇的《莎士比亚书店》写了好多关于海明威的故事,《海明威解放剧院街》是书中的最后一篇文章。西尔薇亚在本书的最后一节写道:

剧院街上始终枪声不断,我们实在受够了。有一天一辆吉普车开进街上,在我的书店门口停下。我听见一个低沉的声音呼喊:"西尔薇亚!"那声音传遍了整条街道。艾德丽安大叫说:"是海明威!是海明威!"我冲下楼去,撞上了迎面而来的海明威。他把我抱起来,一边转圈,一边亲吻我,而街道旁窗边的人们都发出欢呼声。

我们上楼去艾德丽安的公寓,叫海明威坐下。他身着污秽的戎装,衣服上血迹斑斑,咔嗒一声把机关枪往地上摆。他向艾德丽安要了一块肥皂,她则把最后一块蛋糕递给了他。

他问还有什么需要帮忙的,我说是否可以把这条街屋顶上的那些纳粹狙击手解决掉,特别是艾德丽安屋顶上的那些人。他招呼伙伴们走下吉普车,把他们全带上屋顶,接着传来的是剧院街最后一次枪响。海明威和他的人马下来又开着吉普车走了——海明威说,接下来要去解放丽池饭店的酒窖。

合上《莎士比亚书店》,怎么也抑制不住要重读海明威的《流动的盛宴》的愿望,特别是那篇《莎士比亚图书公司》一文。

可接下来的是,无论我怎么回忆和翻找,都不知道《流动的盛宴》放在了什么地方。我把书房翻了个底朝天,《流动的盛宴》却非要跟我捉迷藏。

十七看我那么费劲那么急迫地想读这本书,说:"何必呢?再去买一本不就得了。"

没有在网上下单,哪怕是明天就到,我也等不及了,就匆匆地跑到书城去(好在不远),如愿地买了《流动的盛宴》。

当我坐在沙发上,准备阅读时,不经意间发现,原来的那本《流动的盛宴》正在客厅书架的第二排上,静静地看着我。

我没有沮丧,而是开心地笑了,是庆幸书架上又多了一本复本书。

这样的经历当然不只是这本《流动的盛宴》,在我的书房中,不知有多少复本书。复本书或是多本同样的书存放在我的书房里,却有多种原因。

重复的书,不是一开始就有的,以前书房小,也没有多少钱来买书,不然处处都把细,不可能会重复。后来工作时间长了,有了多余的钱,再到后来我的书多为患,买了一套近180平方米的房子来做书房,还是装不下,重复的书就出现了。更重要的是,我的职业关系,有时不得不收藏同样的书。这里我来说说我的复本书。

我读书有个习惯，一般都只读一遍，然而，这个世上有很多书值得反复阅读的，怎么办呢？要重读，我一般会去重新买个版本来读，比如说《红楼梦》我是读了几遍的，第一遍读的是人民文学的普及版，后来又想读了，就去买了另外的版本来读，如今我家的《红楼梦》估计不下十个版本。这样的古典名著好办，全国至少有两百个版本可选择，但一般的作品呢？当然一般的作品值得读两遍的不多，也就让我少费了不少工夫。

克 罗 地 亚　　2 0 1 7　　吴 鸿

北京 得 书 记

到北京，我一般都不会带书去，我知道，一到京自然会得到许多的书，除了老朋友见面喝酒叙旧外，闲时一定不愁没书读。

这次，第一个给我书的，是同心出版社人称宛爷的振文兄，跟他认识就成兄弟，无话不谈。他听说我来，就立马请我去吃杨家私房菜，并送我萨苏写的《百兽越狱：动物们脱逃的故事》。萨苏的书我买过许多，最喜欢的是《国破山河在》。我说我知道这本书，网上看到了封面，以为早就出了呢。宛爷说才出来的，网上只有封面，没有卖的。宛爷以"没有什么能够阻挡你对自由的向往"为荐语推广这本精美的书。

《百兽越狱》是萨苏为满足女儿的好奇心而写的书,故事风趣幽默。到京的第二晚,是这本书伴我到深夜的。

跟老愚电话,说我到京了,他责怪我说怎么才跟他说,我说一来就喝高了,睡醒就跟你电话。他说你周五来吧,正好《澄衷蒙学堂字课图说》出来了。他一直在为这套书的出版而兴奋,多次跟我提到这套书,上次到成都就告知了这套书的信息。这套书一共八册,宣纸影印,定价880元,我可能是成都第一位得到此书的人。他说他还要寄一套给流沙河先生和冉云飞(我的确无法帮他们带回去了),让他们也为此书的出版而高兴。

老愚还送我一本精装的《赵景深日记》(赵易林整理),说我会喜欢。这还用说吗,在他忙着做事时候,我已从书架上取下来读了好几则了。

《城南旧事》大字插图珍藏版,他说是《读库》老六做的,精装。编流沙河作品的编辑小武说,他们的编辑都买了好多来送朋友。

《田本相文集》共十二集，印量极少。老愚选了《曹禺传》《曹禺访谈录》《田汉评传》给我，说只有这几本有意思。要是以往，我会把全套都要了，但我真的是老了，知道要了也不可能尽览，便再选了《中国话剧百年史述》（上下）就了事了。不是因为多带不走，而是真的觉得没必要。

从新星出版社出来，到天下盐餐馆与杨长江聚。天下盐是诗人二毛开的馆子，我在这里去过，去年我买了他的《妈妈的柴火灶》，这次他来为浙江的客人签名时，我说如果你要给我签名，再要一本也无妨。

既是参加书会，自然要到展场去。华夏盛轩公司正在为聂晓阳的书搞活动，顺便又要了《红尘中最美的重逢：与仓央嘉措一起修行》《在最深的忧伤里吟唱：和仓央嘉措一同参悟》，万兴明兄大方，还让我给好书的晓亮兄也签了一套。

阿来的新作《瞻对》也得到一本。

从成都出发前两天，现代出版社正在印刷流沙河的

《白鱼解字（排印版）》，不知出来没有。电话编辑刘春荣先生，他说出来了，我可以到现代出版社的展位拿一本。

发短信给刘春荣："看到样书，不错！"

刘老师很快回信："那我就放心了。"

这本书我参与了整体的策划，署了我的名，在成都由我第一本得到，自然开心。

捡几本重要的书说说，其他的就不讲了。

克 罗 地 亚　　２０１７　　吴 鸿

一　样　的　星期天

昨天去实验外国语学校给孩子们报名交费的家长太多了,我因要去机场送唐建福兄,就没有跻身在排队的行列中,决定今天去。一早就去了,人果然没有昨天多,交完费用办完事也才九点多钟。就是去逛春熙路,也还有好多商店门都没开。

下午,同样陪女儿去学琵琶。同样我到求知书社去。同样我不会空手而归。这次在书店里见到了史梅,她是《少年时代》的总编辑,大家都叫她史总,他们的总经理不管在人前人后都叫她史姐,她自己说叫什么都没有关系,以前还有人叫她史老孃儿。我有时也开玩笑地叫她史老孃儿。今天是她父亲在对面的医院里输液，她抽空来书店里透透气的。

这次购书如下——

《美的历史》，意大利翁贝托·艾柯编著，我曾买过他的《波多里诺》，不过一直都没有读下去。《美的历史》十六开本，彩印，精装。198元一本，对有关谈艺术的书，我总是舍得出钱的。

《一切取决于晚餐》，美国玛格丽特·维萨著。我看上了它的资料性，想写一些文章，说不定有参考的意义。

《窥视工作间》，妹尾河童著，他是日本当代具代表性的舞台设计家，其作品颇有特点，我已有他的《河童旅行素描》《窥视印度》《河童杂记本》等。

夏晓虹、杨早编的《酒人酒事》，三联"闲趣坊"丛书中的一种，这类书以前见过多种，虽重复的选文很多，毕竟有三联的名有夏晓虹的名，多一本也无妨。

日本的西村幸夫写的《再造魅力故乡：日本传统街区重生故事》，本书是这位国际知名的城市保护专家讲述日本民间自发保护老社区的故事。

《银元时代生活史》，作者陈存仁。阿城说："写老上海的书，这一本最好。"沈昌文说："这样的书，让我这个当年上海的'小瘪三'大开眼界。"作者是一个老中医，是他民国生活的札记。

黎东方是我喜欢的历史作家，我买过他的好几本"细说"的书，这本打着"黎东方讲史之续'细说两晋南北朝'"的书，我没有放过，可能是对黎的名字太信任了。回家看时才发现是一个叫沈起炜的写的，书的封面和封底都是赞美的黎东方和"细说体"，对沈却是不著只字，前言里提了一句，他是上海学者。

《我们什么也没看见：一部别样的绘画描述集》，法国的达尼埃尔·阿拉斯著，我说过谈艺术类的书我总是特别关注的，何况我正在让人写一些普及艺术类的书呢，我如果不对艺术有所了解，怎么跟作者交流呢。

"过去是一罐糖，我把它偷偷吃掉了"，出生成都的桑格格写了一本《小时候》，一翻，觉得好有意思喔，老板说最近很火的。我才不管它火不火，只要我喜欢,自然会掏钱的。回家细看时不禁莞尔,"农民老大哥,屙屎屙坨坨,农民老大姐屙屎屙节节……"童年时的记忆被这些不雅的儿歌勾起,坚定我要写"我的'文革'生活"的信心,我的"文革",是一个童年人的"文革",虽生在60年代,却也"参与""文革"的全过程,也许会别有一番味道也说不定。

克 罗 地 亚　　2 0 1 7　　吴 鸿

二 月 三日记

甲午初四日。去明德老师家，他送我《旧日笺：民国文人书信考》，题："这本小书是我六十整寿自己送给自己的一份寿礼，我称作'自力庆生'，本想去年七月见书，结果拖了近半年。马年新正之季赠吴鸿仁弟闲览。龚明德农历甲午正月初四于狮子山。"

这是一本由中华书局出版的漂亮的小书，目前他手上的书不多，只赠了沙河老师、贺宏亮兄，还有就是我和张放老师了。

书中所收作品大多在《南都晚报》上发表过，我全读过本书的PDF文件，但我还要重读，细细地读，读纸质书与读电子文档有不同的感受。

龚老师说:"你一天只能读一篇,才能读出其中的感觉来。"

这是一本能给中华书局带来荣誉的书,龚老师是中国现代文学版本考据首屈一指的专家,这本书的出版,让我们看到了中国现代文学史鲜活的一面。

《旧日笺》出版的意义在于,明德老师以书信文献细读的手法,使用原始信件的史实细节,激活了中国现代文学史。让故纸堆里的死板的一封封信件,在《旧日笺》里生动起来。每一封信件的背后都有鲜为人知的历史细节,我们可以把《旧日笺》里的每一篇文章,都看作是现有中国现代文学史的重要补充与修正。

下午阳光晴好,三点多回到家里。十七坐在沙发上看电影《萧红》,我拿着毛姆的《圣诞假日》到窗台阅读。毛姆的书我以前没怎么读过,《月亮与六便士》也只读过一部分,这本书今天可以读完。

这几天都没有在家吃过饭,终于可以自己弄一顿了。我早有准备,除夕的前一天我就买了青椒,预备着用的,拿出冰箱里的土猪肉解冻,准备做回锅肉。

回锅肉好像总是吃不腻一样,天天吃都还是想吃。今天做得特别用心,肉切得大片又均匀,女儿说像是连山回锅肉。

喝了点虫草泡的酒,微醺。按龚老师说的,把宣纸裁成小张在上面写字耍,没想过当书法家,写起来就自由。

突然想起,正月初三是培头的生日,赶快上QQ(没有他香港的电话),给他一个迟到的祝福。

丢书记

"5·12"后的一天,我走进书房,看着一屋子的书,不知如何是好。这么多的书,就算是从现在起一本也不买了,以一天一本的速度读,恐怕五十年也不能穷尽我的书房。

注定了有些书我只能随便翻翻,也许有的书自一进我的书房就像美女进了"后宫",一辈子也得不到我这"皇上"的宠幸。我对不起她们啊。

于是我想我要建一个平台,送她们到需要她们的人的地方。

开始我想在孔夫子旧书网上去开一个书店,毕竟她们大多数是我花银两买来的,送出去了也不要折本才好。何况孔夫子网上潜水的多,要的人都是真喜欢的,平时里我总不能见人就问你要不要书吧。然后我要把这些情况简单地介绍一下,让人增加对她的了解。不是一般地介绍这本书的作者与内容,而是这些书与我的关系。譬如怎么得来的,作者与我的关系,或是与书之间鲜为人知的故事。我要把这些故事在博客上也公布一些,让得到她的人也晓得这"宫女"的前尘往事。

我想写得多了,如果有意思我会写下去,说不定将来也可以凑一本集子,集子的名字叫《书的奈何桥》,我把孔夫子网和我的博客称之书的"奈何桥",当我的这些书一本本"成了交",就相当于过了奈何桥,喝了孟婆汤,那时就是我这个苟活的人记得投胎去了的她,她却记不得我了。

如果真的喜欢书的人,也不一定会收钱啦,我会赠予的,好书的"丢弃"大家也不要为我心痛,我干出版那么多年了,很多书都有复本。有些是自己出的书,自然有复本;有些买了,作者又送,也有复本。对于那些我可能一生都不会去读的书，再有价值也得让她在爱她的人那里去体现（附上邮资就好）。

有人说，这个集子的名应改一个字，叫《书过奈何桥》好。我认为真的改得好，就自鸣得意地定下了。

第一篇文章我想写的是巴金的《讲真话的书》，篇名叫《开"天窗"的〈讲真话的书〉》，有很多事要与龚明德老师证实一下，而且我还要写关于《〈围城〉汇校本》的事，就在春节初四日去见他。龚老师一听我要开始写东西了，自是很高兴很支持，认为这样的写作是很有价值的。愿意给我大力支持，"写别人不知道"的事，就是这本书最有特点的地方。

龚老师认为这个书名一般了，不如就叫《丢书记》。并说他将会列入他参与策划的"纸阅读"丛书出版。"纸阅读"丛书，现已出版一辑了，张放先生送了我一本他的《课堂下的讲述》，朴素大方。如果真能加入出版，那真是我的幸事。

《丢书记》确实比《书过奈何桥》好，范围宽了很多，脑子里一转，发现可写的一下子多了不少。龚老师说，你丢的这些书都是好书，丢书不是弃好书不要，而是在进行"文化的传播"，有考据有掌故，文章就好读了。他说可以让贺宏亮兄翻译个英文名，大意是"赠送朋友们的好书"的意思，不是真正"扔掉"的意思。这正是我的意思，龚老师和我相知二十多年，他知我心。

从现在起，我大约每周一篇的速度写，年底三五十篇就成了，龚老师不赞成在博上发，但我还是会零星贴几篇的，同时可能会在刊物上也发一些。

我这个人写书，从来是有头没尾的，这次为让自己坚持，"立此存照"，大家的眼睛盯着我，不敢失言了。

克 罗 地 亚　2 0 1 7　吴 鸿

《两个故宫的离合》及其他

尽管最近说丢书,也真的丢赠了不少,但买书也没有因此而停止,读书也没有因此而停下。只是读书的进度远没有买的进度快,买的书还没有读到一半,新的书又买进了。

我把买书读书当抽烟,烟瘾大的人买烟多是正常的,不过与买书的区别在于,书可以买来不读,放在自己看得到的地方,心里就舒服,心里就踏实了。而抽烟的人却不同,一是他不可能买了不抽,或是买若干的烟来慢慢抽。

既有不同,那我就只好尊重不同了,该买的照旧买，什么时候读那是另一回事。

今天在购书中心买了《两个故宫的离合》，日本作家野岛刚的作品，张惠君译。《读卖新闻》《朝日新闻》说是"2011年最好看的书"！我不是因为这个买的，两岸有关故宫的书我买了不少，两个故宫都去过几次，曾有出版人做"走进博物馆"丛书，叫我写一本台北故宫的，我不敢写，太不了解了，不知天高地厚地写了会贻笑大方的，但从此看到有关两岸故宫的书或资料倒是特别关注。真想再去看看台北的故宫啊，你想买这本《两个故宫的离合》是不是太正常不过了呢。

张恨水的书我几乎有他的全集，但那时候出的书，用纸印刷装订之差劲，我都不想再读，恨不得丢了它，不过现在也没有一套像样的版本，暂时还留着。今天看到《烟雨纷繁，负你一世红颜》，取这样的书名真是屌丝中的奇屌，用四川话说是屌翻山了，不知要给这本书定什么位。不就是收入的《山窗小品》《山城回忆录》《两都赋》《蓉行杂感》《西游小记》《北海旧燕》《文苑语丝》这些随笔专栏作品么。

张恨水一生写了太多的文字，绝大多数是长篇小说，这些短文短的一两百字，长的不过千余，与他洋洋洒洒的长篇小说比起来，真是鲜明的对照，就像是嘴里嚼芝麻，还真是香呢。立杨兄曾专门致电推荐，说写得好，特别是那些带文言的。

买它也就是想闲时偶尔读几则。

还买了几本"短经典"，十七看我买回来的书说："你就喜欢那短文，我倒是想看一些长篇的。"

我说："没时间读太长的，不过也不尽然。我正在读的《罗马人的故事》不是有十五卷吗？前不久读完的《胡雪岩传》不是也有六册吗？"

无论长的短的，只要认真读完了就有成就感。扯远了，还是报书名吧。

《海的沉默》，法国维尔高著，他是法国战争小说的奠基作家，已于1991年去世了。

《绕颈之物》，尼日利亚作家奇玛曼达·恩戈兹·阿迪契的作品，她是非洲文学新生代最重要的作家。

《时光匆匆老去》，意大利继卡尔维诺后最重要的散文作家安东尼奥·塔布齐的作品。

《俄罗斯套娃》,阿道夫·比奥伊·卡萨雷斯作品,他是博尔赫斯一生的好友,阿根廷幻想文学大师。

这几本"短经典"书都不厚,不知道译文怎么样,期待中。

克 罗 地 亚　　2 0 1 7　　吴 鸿

劝明德老师丢书

送《艾芜纪念文集》校稿到川师明德老师书房，这间三百多平方米的书房，可能很快就要归还学校了，一屋子书的去处让他（当然也让我）感到很悲催，不知如何是好。

工作到了退休年纪，要让这满满三百多平方米房子的书搬进他居住的不到一百平方米的家里，就算他们都住到街上去，也是装不下的。

正月初四到他家曾聊到过此事，他说他现在在学校里刚买了一套一百多平方米的房子，同样也装不了那么多的书，实在不行，就先丢掉那些辞典。辞典他是相当的多，丢了可能会腾出一些空间来。有关现代文学的也是他专业部分的，就不舍得丢了。

爱书的人藏了许多的书，尽管有些可能一辈子都不会去翻一下，但要说丢掉，总还是舍不得，心里总想，说不定哪天就会用着呢。

龚老师说他的藏书也不能分开存放，当要研究解决一个问题，要翻阅很多的资料，用起来不在一起就很麻烦。

我说还是应向沙河老师学习，果断地做出决定，把书丢了。

明德老师说，流沙河老师搬家时，让他弟弟余勋禾选了一些藏书，还丢了不少。当沙老说不写诗后，又丢了不少的诗集，特别是丢了一三轮车的台湾诗集给一杨姓诗人，让人很羡慕那杨诗人得到沙老那一车宝贝。

沙河老师做事果断，现在潜心研究古文字，已著书多部。他的《白鱼解字》排印版样书已到，今天正要给他送去。

上周沙河老师去了台湾，估计现在回来了，便电话他家。果然回来了,欢迎我们去。我跟龚老师说:好好去听他讲讲台湾的见闻。

在沙河老师家待了两小时,又回到川师明德老师家里吃晚饭,我最喜欢女主人陶霞做的鱼,好久没有吃到,今又有吃,十分喜悦。

去看了他们正在装修的新房,又为他的书担忧起来。再一次劝说龚老师忍痛丢一些书,我说我丢了一部分书给别人,看到别人有用很高兴,对我有感激之情也真是一件有益也快活的事。

他终于说,如果的确不行也只有丢一些了。不过他很快又问我:"如果我让你把我们一起买的那些民国影印书丢了,你丢不丢?我想你也没有怎么读过。"

我说:"我读过不少,喜欢的书自然是不用丢的。"

我太能理解他的心情了,他的藏书跟我的不一样,我是杂七杂八的什么都有,丢些现在、将来可能都用不着的书,我是真不心痛,就算以后想要再用,再买就是了,我不相信有买不到的书。而他的就不同,大多是他的专业要用的书,特别是那些民国版子,要想重印难于上青天,如果再买可能也得要有大把的票子才行吧。有时我也在想,他的专业真是比他的生活还重要吗?

一介书生,如果有了大把的票子,买房装书就是了,还说什么丢书的事啊,丢人差不多。

丢书的事,其实我也是说得轻巧吃根灯草。花了不少时间选书来丢,结果也只是藏书中的零头。下狠心恐怕也只有到了沙河老师那年龄,到了沈培老师那年龄才能真的做得到。

克 罗 地 亚　2 0 1 7　吴 鸿

得书记

这次去北京,周四的时候与在京的好多文化人与书商、策划人、设计家们恳谈,第一个见到的是楚尘,他送我两本新书,都是去年"诺奖"作家奥尔罕·帕慕克的作品《新人生》和《黑书》,他说刚从厂里拿到的样书,我是第一个读者。真是有幸。帕慕克的作品在国内畅销是其他"诺奖"作家不能比的,没有几个的作品能像他本本都有不错的业绩。

分析原因是,以前出版"诺奖"作家的作品,都强调统一的设计风格,而忽略了作品的个性。以前漓江出版的那套,可谓皇皇大焉,但同样的封面,分不清谁是谁的。而帕慕克的书,出来的没有一本是相同的封面,各有各的面孔,代表了书的不同特点与个性,这可能和陆智昌的设计有关,跟世纪文景的包容与很好的营销力有关。

星期天,去海南社驻京地,刘靖主任与汤老师不知我曾去过,带我去看了他们的办公地,一一介绍他们的编辑。刘主任顺手就送了几本他们出的新书,一是《考古中国:银雀山〈孙子兵法〉破译记》,作者岳南,另一本还是岳南的,叫《1937-1984梁思成、林徽因和他们那一代文化名人》,还有一本《神的历史》,这本书我曾在香港机场买过一本,是台湾立绪出的,厚厚的一大本,海南的这本正是这本书的大陆版,作者是英国的凯伦·阿姆斯特朗,沈清松校订,蔡昌雄译。海南出了不少的好书,好多年来我不知买过有多少种,当他们听说我买了他们出的《讲故事》时,都很惊讶。关于海南的得书,在周三时苏斌老总还带来了《史铁生自选集》《周国平自选集》,这两本书我带回来,是要好好研究学习,与他们一道共同开发这个系列。能有机会与景仰的老师与同行学习，真是快意。

周一，与郭豫斌先生在我们住的贵州大厦相见，他是王益的老朋友，在图文书的策划方面是行家里手。以前没有跟他有过接触，不知道他做的书是什么样子，特地让他带一些他们的产品来。跟他接近让我很有压力，一米九的个子，我不得不对他仰视。重庆人，在日本待过十年，厉害。当他把他的书给我看时，让我立马佩服起他来，跟他合作，一下子就有放心的感觉。他送我的是《话说世界》四卷本，是万夏发行的，另一套也是四本，也是万夏发行的，《古玩指南全编》民国赵汝珍的作品，这次以十六开彩色精装出版，确实漂亮。回到家里我就说要抽空好好读读，补一补收藏的课，说不定哪天也玩一票，也就懂些常识。

周二晚上回到家里，桌上放着一个包裹，一看就知道是明雨寄来的书，自年首与他相见后，就没有得到过他的书了，从网上看到了他们刚出的书，也没好意思要，正准备好久也去买来看，他却来电要了地址，这不，书寄来了。有《克里希那穆提传》，印度的普普尔·贾亚卡尔著,胡因梦译。《世界在你心中》,克里希那穆提著,胡因梦译。《懂得健康》《懂得生命》《懂得爱》三本是"爱与亲密"的实修指南,胡因梦推荐的好书。

克 罗 地 亚　2 0 1 7　吴 鸿

今日 记

吴亦可学琵琶的时间老师说改在周日的上午十一时，去求知书店的时间，也就只好是这段时间了。

店主跟她的一位老顾客说《华阳国志》来了，希望他能买一本，那位说他有了，并说巴蜀的那本卖到了几百元，上海的卖到一千多元。我听了心里一咯噔，我们的《华阳国志校注》刚刚才印，怎么市上就有了？原来是上海古籍版的重印了，抢在我们出来的前几天，真是有些丧门，心里一直在骂跟我们合作的出版社。

《华阳国志校补图注》是任乃强先生校注的，这次是上海古籍社以1987年版重印的，从内文的设计来看，没有做任何修订,此次印1500册。16开,繁体字。定价128元,本书曾获中国第一届国家图书奖。这是一个好本子,当然也就买了。

我们要出版的是刘琳先生校注的,书名《华阳国志校注(修订本)》,也是16开,定价80元,印数要多一些,简体字,方便现在的读者阅读。

《叶隐闻书》,日本山本常朝口述,田代阵基笔录,李冬君译。"叶隐"的名字取于"隐于叶下,花儿苟延不败,终遇知音,欣然花落有期"。"闻",听的意思,"书"就是记录。评论说:这不仅是一部武士修养的书,也是一部作为近古日本特殊社会形态"武士社会"的文化精神史书,是日本传统文化的重要组成部分,也是一部全面了解日本、日本文化的重要原典之一。

《伟人之旅》,法国弗朗索瓦·瓦尔若著,龙云译。"一个仆人讲述真实的卢梭、狄德罗和格里姆,如果不是历史学家的惊人发现,那就纯粹是胡说八道。"建议书店上架是小说类。

《阿佛洛狄特:感官回忆录》,作者伊莎贝尔·阿连德是智利人,是一部"情色漫谈",书的开篇说:"我懊悔自己曾经节食,出于虚荣而拒绝过那么些美味;我也后悔为了迫在眉睫的职责或清教徒式的假道学而捐弃做爱的良机。漫步记忆的花园,我发现所有的回忆都与感官有关。"翻了一下,这是谈食物与情欲的美文。

《你好,汪曾祺》,一本纪念汪老的文字。

步非烟的《风月连城》,是她一系列青春武侠小说中的一部,店主说这种书你也看?有什么办法呢,谁让我是做出版这行的呢。

日本的大前研一,是"全球管理大师",这样的名头,不关注一下都不行,曾拥有过他的一本《专业主义》,我也认为有道理,人无专攻,真是不好在这个社会上混啊。今天买的是《即战力:如何成为世界通用的人才》和《创意的构想:创意,21世纪你的赢之道》。本来还有一本《无国界的世界》的,已交到收银台,可惜没有给我算上,看下次能不能给我碰上。

好 书 八 本

楚尘来电话说："《小王子》出来了，你一定会喜欢。"出版圣艾克絮佩里的作品集楚尘已跟我说过了多次，大约有两年了，一共有四册，相当于口袋书的小开本，由陆智昌整体设计，陆先生对书的要求极高，为了要一本书有好的表达，他常给出版社推荐用什么样的纸张。听说这套圣艾克絮佩里的作品集就是这样，封面的用纸一直没有合适的，世纪文景居然等了有两年多才在最近出版这套我期待了很久的书。

这套书是目前我国出版最全的圣艾克絮佩里的作品集，分别是《小王子·堡垒》《云上的日子》《沙漠中的一口井》《镜子的碎片》。拿在手上，不用读，只是把玩都会让人久久不忍放下，在我看来有译林版的"杜拉斯系列"的精致。与家中的牛津版董桥的《今朝风日好》比，大小一般，雅致一般。我收有了几乎圣艾克絮佩里的所有中文版，但最喜欢的是这套。

同时收到的还有《邪恶之路》，意大利作家格拉齐娅·黛莱尔的成名作，我早知道她是1926年的诺贝尔文学奖获得者。这本书以作者的故乡撒丁岛为背景，选取一个独特的视角，以爱情与道德、罪与罚的冲突为切入点，展示了撒丁岛古老的文明和宗法制下的乡村生活。

《泽诺的意识》，作者伊塔洛·斯维沃，这是一本意识流小说，作者原名海克托尔·施密茨，笔名中的伊塔洛意为"意大利"，斯维沃是"日耳曼"的意思，组合起来意味着他要把意大利和日耳曼两个民族文化、精神融为一体。评论家说他是"意大利的普鲁斯特"和"意大利的乔伊斯"。我现在没有看这部小说，说不出自己的感受，但据说乔伊斯看了拍案惊奇，这肯定是一部好小说。

《法国和比利时游记》,作者雨果,本书是作者在法国和比利时以及阿尔卑斯山和比利牛斯山一带的旅行时的书信杂记全集。

《读经有什么用》,龚鹏程主编,"1934年《教育杂志》发函给学界专家,咨询对于学生读经问题的看法,收集到蔡元培、唐文治、钱基博、顾实、陈立夫、王新命等人的意见书约七十余篇,后于1935年编辑成专刊出版"。这次的编辑出版体例我甚喜欢,不仅增加了作者的简介,而且每篇都将要点归纳于篇首,读者可以不读原文就知道学者们的意见,有时间的可以细读原文,没时间的也不要紧,知道其观点才是重要的。

以上的书都是世纪集团上海人民出版社出版的,楚尘文化策划。

谢谢楚尘,谢谢世纪文景。

今天及其他

今天,六月三日,星期天。吴亦可去参加成都实验外国语学校的考试。小学还有二十来天就毕业了,过得真是快啊。为了让她能读上好的初中,就让她去与众多的学生一起竞争,听说这所学校只招收千来人,而报名的却上万,有点像当年高考一样,万人过独木桥。参加的学生多,送学生来考试的家长更多,一家人中最少两个,把整个街都堵了,警察把拖车开在校门口顿起,生怕有事发生。十二点二十分考完,我们足足等了有一个小时才在混乱的人群中找到吴亦可同志。

想起最近买的书中有一套叫《音乐启蒙书:音乐

中的希望和力量》,书中收了366篇关于音乐家的奇闻轶事,是以"音乐史的今天"为线索,写音乐家的小故事。

若干年后的今天,我们一定会有机会回忆起这一天的,我们一家三口第一次经历小学升学考试。

再记一下最近买的书,是在印象大书房买的,除了上面提到的,还有陈子善的《素描》(山东画报社),雷颐的《历史的裂缝:近代中国与幽暗人性》(广西师大版),夏志清的《谈文艺忆师友》(上海书店),曾任香港城市大学校长的张信刚的《尼罗河畔随想》(三联书店),同样是三联出的徐慕云著的《梨园外纪》,还有本石康的随笔集《那些不值钱的经验》,我看过他的《支离破碎》《晃晃悠悠》和《心碎你好》,看这本书的介绍才知道,这小子还很勤奋,写了不少的书,而且这本印得很漂亮。

还有两本值得一提的是《抗衰老计划:阿特金斯医生的建议》,三联出的,一来是我生病后比较关注有关健康的书，二来看到三联出这类的书，一下得了个灵感，想到了一种写作的体例，也许不久的将来，大家也会看到我写一本关于健康的书来也不一定。不多说，先容我卖个关子。

《一氓书缘》，作者李一氓，是这次三联把作者《存在集》《存在集续编》中与读书有关的文章汇集成的新本子，条32开，好久没有看到这么小的开本了，拿在手上把玩，真是舒服。现在的出版物，开本是越来越大了，在出版社时，我也是率先使用大开本的，没想到大开本近年是铺天盖地。这段时间以来，我一直在怀念那些小开本的好书，特别是那种120×185mm的。最近市上有几种，买来把玩买来品读真是不摆了，真可谓小即是美。

当然无论大小，都跟设计有关。什么开本都能设计出美的书来，只是能设计好的人没有几个。

《昨日书香》记

五月三日，成乐高速路上。

龚老师在台湾秀威出版《昨日书香：新文学考据与版本叙说》，其进展我一直都知道。历时可能有半年多吧，现在终于出版了，看到样书，正是我喜欢的那种形式。所收二十六篇作品都是我平日读过的，看到繁体版，更有一番亲切感。

五月二日，张阿泉来成都毓秀苑，参加"《流沙河认字》首发·南京《开卷》十周年·成都《钟灵毓秀》九周年·呼和浩特《清泉部落》八周年纪念"活动。之前眉山的作家、诗人、编辑棱子就有约，让我们一起到眉山去玩一下。说起眉山之约已是很多次了，总是因为忙不能成行，我们错过了冬天的眉山美食，也错过了春暖花开的美景。要不是五一假期，说实在的，这次也很难成行。

一早从成都出发，棱子在高速路来接我们，把我们带到了丹棱，在丹棱的朋友别墅里待了一天，聊天聊得很开心。吃过晚饭回成都，遇上了下雨，在快与成雅高速的交会处，堵车了，车速慢得很，就像蚂蚁走路。这时龚老师问我还要不要这本书，我说怎么不要呢，我真的是很喜欢这本书啊，之前在东南大学出版社也曾出版过同名的书，不过内容大不相同。就书的形式而言，我更喜欢台湾版的。而且我现在也在跟着龚老师学习现代文学，里面肯定有我需要的信息。他说好吧，就在车后座，打开读书灯在扉页题签起来。他题为："崇奉昨日书香就是建造今日书香。与吴鸿仁棣共勉。本书作者龚明德二〇一〇年五月三日夜与阿泉共乘返蓉之吴鸿坐骑内。"随后他把书交给阿泉，让阿泉也题一段。阿泉是《昨日书香》的序作者之一，他说里面引了我说的

"近墨者墨"这几字。阿泉引序中的话题签:"我们贪吸旧书的气味,就像蒙古人贪吸草原和牛马的气味……本书序作者张阿泉二〇一〇年五月三日雨夜为吴鸿兄小题。"

"崇奉昨日书香就是建造今日书香",龚老师、阿泉、董宁文等读书人,他们提倡"民间阅读",认为阅读是很私人的事,要不功利、发自内心地阅读。他们在通过他们的阅读影响着一大帮爱书人,他们是今日书香的营造者。

跋

"偷"成一个读书人

《流动的盛宴》,应该是我最早对吴鸿提到的。那时我是出版社的新人,吴鸿比我老一点,陈维更老一点,最老的是他们编室的破藤椅。那天我说可以出一本《文学史上那些动人时刻》,例如海明威怎么晚年重返欧洲,旅店老板怎么把多年前遗落的行李箱还他,他怎么看到往事扑面而来,然后就有了《流动的盛宴》。还记得当时我未见中译本,说的是《移动的盛宴》。

吴鸿说这是个好主意。多年后,几乎和海明威离开那个箱子的时间一样长,吴鸿突然跟我说:"你说的那本书可以出了。"他启发了半天我才想起是哪本书,他计划中的书名是:《八卦文学史》。我说太俗,他如常粗暴地回答:"你晓得个榔头!"他当时用的是一个同义词,四川人都知道。

这就是吴鸿的特点。我想法过于活跃,以致没有耐心去实践,所以后来去吃了开口饭,只管说不管做。陈维太有执念,不能实践想法宁可不做,所以产品并不多。吴鸿则总能把想法变成产品,他作为读者肯定不会去买他作为编辑的某些产品,但那些产品作为产品几乎总是成功的。

吴鸿总能在"读书人"和"出版人"之间找到契合点,或者准确地说,是"偷"到契合点。

我曾对他说:"你是优秀出版人,但不是出版家。出版家要做到两条:一是敢为自己喜欢而不计成本,二是敢为读者欢迎而突破成规。你一条都做不到。当然这也不怪你。"他沉默良久,回答道:"你晓得个榔头!"

确实不能怪他,放眼看去,有几人真正配得上"出版家"这个称谓?把一个读书人的灵魂一点点地、见缝插针地注入一本本出版物,在这点上吴鸿已经做得很成功了,也很辛苦,所以我说他的契合点是偷来的,他是在看似红火风光实则寡淡无味的出版人生涯中偷偷做一个读书人。

其实读书人这个身份也是他偷来的。他没有大学学历,依本国官民惯例,别说读书人了,连"读过书"这个定语,可能他都用不上。但这实在是个奇怪的惯例,因为人读书只需满足两个条件:一识字,二愿意。事实上,作为大学教师,我深知学历和读书几乎不相干,也见过所谓顶尖学府文学专业出身且从事出版多年而对书完全懵然的。

我感觉吴鸿终其一生都在和那个奇怪的惯例较劲。事实上我从没见过比他更爱书(以及更爱买书)的人。"爱书"不仅指爱读书,虽然他读书的数量确实惊人,但他还爱书本身。在出版圈大家常会谈论某书封面、版式、用纸等等,但大多是从销售之类现实需求而论,而吴鸿谈这些,只为书本身的完美。

好比看女人,别人说哪里好哪里不好,要么考虑结婚,要么考虑上床。吴鸿则想的是"她如果眼睛大点就更漂亮了"。更漂亮又怎样？不怎样，但不那样岂不可惜！

所以，吴鸿的读书人身份，虽是偷来，却无人不认。所以，满眼的书对他如满眼的女人，偶见宜人者，他绝不自私，传诸友人，是他一大乐趣。

只是，沉重浮生，这乐趣其实也是偷来的。

今日之读书人，与孔乙己夫子的时代比比，无非一声长叹。读书人的事，唯偷而已，岂有他哉！

吴鸿离世，使很多人痛失好友，但其中有那么几个，会偷偷地把和他共生的几十年，一点点扯出来，慢慢抚摸，替他心疼。

陈维说吴鸿好吃，写了一本《舌尖上的四川苍蝇馆子》，现在把他好书留下的笔记编成一本《吴读有偶》就算完满了。书名出自吴鸿的一个文字专栏，再由十七添了副名"鸟之乐，书之爱"。还是妻子最懂男人。

范锐